KB117837

한입코끼리

한입 코끼리

초판 1쇄 발행 2014년 11월 20일 | 초판 2쇄 발행 2015년 1월 15일

글 황경신 | 그림 이인 | 펴낸이 김민기 | 에디팅 김보희 임소라 | 펴낸곳 큐리어스 | 큐리어스는 ㈜QCG의 단행본 출판 브랜드입니다. | 출판등록 제 2012-000283호 | 주소 서울특별시 마포구 서교동 378-12 우전빌딩 5층 | Copyright © 2014 황경신 Drawing Copyright © 2014 이인 | 저작권법에 따라 이 책의 내용 중 어떤 것도 무단 복제하거나 무단 배포할 수 없습니다. | ISBN 979-11-950232-9-5 03810 | 이 도서의 국립중앙도서관 출판시도서목록(CIP)은 서지정보유통지원시스템 홈페이지(http://seoji.nl.go.kr)와 국가자료공동목록시스템(http://www.nl.go.kr/kolisnet)에서 이용하실 수 있습니다. (CIP제어번호 : CIP2014029928)

도서 문의 큐리어스 T 02-3144-4947 F 02-3144-4948 E yourbook@qrious.co.kr H www.qrious.co.kr
전국 도서공급처 ㈜랭스토어 T 02-2088-2013 F 031-943-2113 E account@langstore.co.kr

한 입 코끼리

황경신 글 | 이인 그림

Qrious

생텍쥐페리와 그림 형제,

그리고 믿을 수 없지만 실제로 일어났던 모든 일들 위에

차 례

한입 코끼리

내가 여섯 살 나던 해, 한번은 『체험담』이라는 이름을 가진, 원시림에 대한 책 속에서 대단한 그림을 본 적이 있다. 그것은 어떤 동물을 삼키고 있는 보아뱀 그림이었다.

그 책에는 이렇게 쓰여 있었다. '보아뱀은 먹이를 씹지도 않고 통째로 삼킨다. 그리고 나서는 움직일 수가 없어서 그것을 소화하느라고 반년이나 잠을 잔다.'

그때에 밀림의 모험에 대해서 잔뜩 생각을 한 뒤에, 이번에는 내가 색연필로 나의 첫 그림을 끼적거렸다.

_ 생텍쥐페리, 『어린왕자』

여덟 살은 인생에 대해 무지한 나이가 아니다. 설사 무지하다고 해도, 그 사실을 자각하지는 못하는 나이다. 모른다는 것을 자각하려면 모르는 게 무엇인지 알아야 한다. 제대로 아는 게 없으니까 덮어놓고 안다고 말할 수도 있다.

남들은 어떻게 생각할지 모르겠지만, 남들 생각에 신경 쓸 나이도 아니므로, 여덟 살짜리 아이는 인생에 대해 알 만큼 안다고 확신한다. 어쩌면 확신이란 그 정도 나이 때에만 가질 수 있는 특권일지도 모르겠다. 바윗돌처럼 단단한 확신은 나이가 들수록 물러지고 크기도 작아진다. 바윗돌 깨뜨려 돌덩이, 돌덩이 깨뜨려 돌멩이, 돌멩이 깨뜨려 자갈돌, 자갈돌 깨뜨려 모래알이라는 노래처럼, 마모되고 부서진다. 모래알이 되어 손가락 사이로 빠져나가는 것이 어른의 확신이다.

바윗돌 같은 확신을 품고 있는 여덟 살의 세상은 또한 어디로든 튈 수 있는 공처럼 둥글고 탄력이 넘친다. 무엇이나 믿을 수 있고 무엇이든 의심할 수 있다. 순진한 질문과 명쾌한 깨달음으로 무장하고 겁도 없이 다짜고짜 본질을 향해 덤빈다. 자신이 덤비는 것이 본질이라는 것을 모르니까 가능한 일이다. 그런 이유로 인해 인생에서 두려울 정도로 중요한 존재를 만나는 일이 일어나기도 한다. 그런 존재는 인생의 여러 가지 시점에서 맞닥뜨릴 수 있지만, 여덟 살은 두려움 앞에서 자신이 잃을 것과 얻을 것을 계산하지 못한다. 그래서 몸을 사리다 틈을 봐서 도망치지 않고, 닥치는 대로 받아들인다.

"뭘 그렇게 멍청하게 보고 있는 거야?"

그가 말을 걸었을 때, 나는 책에 코를 박고 있었다. 우리 집에서 기차로 한 시간 거리에 있는 외갓집 창고 안이었다. 그 책은 이모들이 쓰던 잡다한 물건들 속에 묻혀 있었다. 생텍쥐페리라는 작가의 이름도, 『어린왕자』라는 제목도 들어본 적이 없었지만, 첫 장을 열자마자 튀어나온 그림 하나가 마음을 움켜쥐는 바람에 그대로 창고 바닥에 앉아 눈을 떼지 못하는 중이었다. 그건 '거대한 동물을 잡아먹고 있는 보아뱀' 그림이었다.

때는 초여름, 세상은 녹진녹진한 낮잠 속에 빠져 풀잎 하나도 움직일 생각이 없었고, 나도 마찬가지였다. 깜짝 놀라 눈을 크게 뜨고 두리번거린다거나 소리를 지르며 야단스럽게 굴지 않은 것은 그 때문이었다.

"아까부터 나만 뚫어져라 보고 있잖아. 예의가 아니지. 네가 뭘 먹고 있는데 누가 그렇게 빤히 보고 있으면 기분이 좋겠어?"

화가 난 목소리는 아니었다. 웅얼거리긴 했지만 듣기 좋은 저음이었고, 부드럽게 타이르는 말투였다.

"미안해."

얼떨결에 사과를 하고 나서, 나는 내가 제일 잘하는 짓을 했다. 질문을 던진 것이다.

"그런데 너는 누구야?"

"어이가 없군. 여태 보고 있었으면서. 아무튼 난 지금 식사 중이라 대화가 여의치 않은 상황이야. 묻고 싶은 게 있으면 기다려."

그래서 나는 기다렸다. 엄청나게 큰 보아뱀이 엄청나게 큰 동물을 다 소화할 때까지.

'보아뱀은 먹이를 씹지도 않고 통째로 삼킨다. 그러고 나서는 움직일 수가 없어서 그것을 소화하느라고 반년이나 잠을 잔다.'

책에는 그렇게 쓰여 있었다. 그래서 반년을 기다렸다. 그 사이에 『어린왕자』를 스물다섯 번쯤 읽으며, 동물을 소화시키고 있는 보아뱀 그림을 바라보았다. 대단해, 하고 나는 생각했다. 그 대단한 존재에게 물어볼 것들이 생겨서 그림일기 노트에 질문을 적어놓기 시작했다. 나중에는 질문이 너무 많아지는 바람에, 새 노트를 사야 했다. 노트 표지에는 생텍쥐페리의 보아뱀 그림을 베껴 그렸다. 작가의 말대로, 어른들은 죄다 그걸 모자라고 생각했다. 지금 생각해보면 다행스러운 일이다. 만약 어른들이 "왜 노트 표지에 코끼리를 먹고 있는 보아뱀을 그렸니?"라고 물었다면 내가 보아뱀을 만난 이야기를 해야 했을 테니까. 놀림과 편잔, 걱정과 설교 따위는 두렵지 않았지만, 왠지 그 이야기는 은밀하게 다루어야 할 것 같다는 기분이 있었다. 만약 내가 그 사실을 누군가에게 털어놓는다면, 보아뱀 쪽에서도 '뭐야, 믿을 만한 인간이 아니잖아' 하고 입을 다물어버릴지도 모른다고 생각했다. 물론 그건 내 생각이므로, 나중에 보아뱀에게 직접 물어보기 위해, '그것은 비밀이었나?'라는 질문을 노트에 추가했다.

　어느 초겨울 오후, 나는 내 방 책상 앞에 앉아『어린왕자』첫 장에 나오는 그림을 펼쳐놓고 보아뱀을 기다리고 있었다. 슬슬 일어날 때도 됐잖아, 중얼거리며 손가락으로 톡톡 쳐보기도 했다. 혹시 외갓집 창고가 아니어서 나타나지 않는 걸까, 하는 생각도 들었다. 하지만 보아뱀은 창고가 아니라 책 속에 있으니까 별로 상관은 없을 것 같았다. 게다가 나는 아직 여덟 살이었으므로, 혼자 기차를 타고 외갓집으로 갈 수도 없을뿐더러, 그곳으로 데려다달라는 이런저런 이유를 지어낼 만큼 영리하지도 않았다.

　"끄으으으으윽."

　반년 만에 잠에서 깨어난 보아뱀의 첫마디는 거대한 트림이었다. 그의 식사가 끝나기를 기다리며 오만 가지 재회의 시나리오를 그렸던 나는 당연히 상처를 받았다. 그 시나리오는 시간이 지날수록 여덟 살짜리가 생각할 수 있는 갖은 멋진 말들로 채워졌고, '이건 좀 너무한가' 싶은 것들도 상당수 포함되어 있었지만, '끄으으으으윽' 같은 건 상상도 못했다. 하지만 물어볼 것이 엄청나게 많았으므로 괜히 심기를 건드리지 않기 위해 나는 한껏 다정한 목소리를 꾸며냈다.

　"안녕? 식사는 다 끝난 거야?"

"육질이 제법 단단한 녀석이었어."

보아뱀은 우아하게 똬리를 틀며 우쭐거렸다. 딱히 우쭐거릴 이
유는 없잖아, 생각했지만 그 말은 하지 않았다.

"역시 코끼리였어? 어떤 맛이야? 특별히 좋아하는 부위가 있
어? 식사를 하면서 무슨 생각을 해? 그렇게 움직일 수가 없을 때
급한 일이 생기면 어떻게 하는 거야? 만약에…."

"꼬마야."

내 말을 끊으며, 보아뱀은 한숨을 쉬었다.

"이제 막 식사를 마쳤는데 숨 쉴 틈도 안 주는구나. 디저트는
고사하고 아직 차도 한잔 마시지 못했다고."

"하지만 난 반년이나 기다렸는걸!"

나의 인내심은 접시에 담긴 물처럼 금세 말라버렸다. 디저트라
니, 차라니, 그걸 다 먹고 마실 때까지 또 기다려야 한단 말인가?

"이 정도면 충분히 기다린 거야! 난 애잖아!"

아이의 반년과 보아뱀의 반년을 비교한다는 건 불공평한 일이
라고 논리적으로 설명할 재간은 없었지만, 아무튼 나의 항의는
그럭저럭 받아들여지는 듯했다.

"진정해라, 꼬마야. 도대체 뭐가 그렇게 궁금한 거야?"

보아뱀은 꼬리를 말아 올리며 조그맣고 가느다란 초록색 눈으
로 나를 바라보았다.

"뭐든 다 대답해줄 테니, 제발 울지는 마라. 난 애들이 우는 건 딱 질색이야. 다 큰 어른들이 우는 건 더 꼴불견이지만."

그날 이후, 나는 보아뱀에 대해 많은 것을 알게 되었다. '보아 뱀을 통해' 많은 것을 알게 되었다고 말하는 것이 정확할지도 모르겠다. 코끼리를 한입에 삼키는 식성을 생각하면 어이가 없을 정도로 그는 섬세한 미각을 지닌 진정한 음식 애호가여서, 무슨 이야기를 하든 곧장 음식으로 연결되었다. 먹고 마시는 이야기를 신 나게 늘어놓다가도 내가 다른 쪽으로 방향을 틀면 이내 흥미를 잃어버렸다. '슬슬 졸린데'라거나 '슬슬 배가 고파 오는데'라며 노골적으로 하품을 하는 것이었다. 당장이라도 꼬리를 낭창낭창 흔들며 돌아갈 기세였다. 어떻게든 이야기를 이어가고 싶었지만, 여덟 살짜리 아이의 밑천은 너무 쉽게 바닥이 났다. 내가 그날까지 먹었으면 얼마나 먹었고 마셨으면 얼마나 마셨겠는가. 나는 주로 묻고 그는 주로 대답을 하는 방식이긴 했지만, 묻는 것도 밑천이 있어야 가능하다.

고심 끝에 내가 읽고 있던 동화들을 하나둘씩 끄집어내기 시작했다. 내 이야기가 아니라 다른 사람의 이야기를 끌어온다는 발상은, 발칙할 정도로 괜찮은 생각이었다. 예를 들어 우리는 '피노키오가 사람이 되었을 때 제일 먼저 먹고 싶었던 음식은 무엇이었을까?'에 대해 긴 시간 동안 토론을 거듭했다. 인어공주의 생일파티에 등장했을 법한 메뉴들을 함께 짜고, 피터팬이 시계를 삼킨 악어와 전투를 치르기 전에 먹었을 스태미나 음식을, 혹은 악어가 좋아하는 시계요리를 열거했다.

우리의 이야기가 음식에서 조금씩 벗어나기 시작한 건 한 달쯤 지난 후부터였다. 먹는 장면만 나오면 이야기를 중단시키고 한참 동안 떠들어대던 보아뱀이, 날이 갈수록 다른 장면에 관심을 보이게 된 것이다. 그래서 우리의 대화는 물길을 틀어 예기치 않은 방향으로 가게 되었다.

지금 생각해보면, 그즈음부터 보아뱀은 먹는 이야기를 하는 게 괴로웠던 것 같다. 코끼리를 소화시키고 나서 한 달이 지났으니 슬슬 배가 고플 참이었다. 그러나 뭔가를 먹으려면 나와 헤어져 자신이 살던 곳으로 돌아가 사냥을 해야 했을 것이다. 대화의 물길이 흘러가고 있던 곳은 그러니까 우리가 이별을 해야 할 바다였다.

하지만 이 이야기는, 아직 우리가 함께 있었던 순전하고 푸른 날들에 관한 것이다. 그리고 이 모든 일이 일어날 수 있었던 이유는, 그때 내가, 이 세상 모든 어이없는 일들을 죄다 받아들일 수 있는, 둥글고 말랑말랑한 여덟 살이었기 때문이다.

"누구한테 미안한 건데?"

아내는 창밖을 내다보다가 탐스러운 상추로 가득한 밭을 발견했습니다. 밭에 있는 파릇파릇하고 싱싱한 상추를 보자, 아내는 너무나도 먹고 싶어 참을 수가 없었습니다. 욕망은 하루하루 더 커졌습니다. 하지만 그 상추를 먹을 수 없다는 것을 알고 있었기에, 아무에게도 말하지 못한 채 나날이 말라갔습니다. 그러던 어느 날 남편이 아내에게 물었습니다.

"당신, 몸이 안 좋은 거요?"

아내가 대답했습니다.

"저 밭에 있는 상추를 먹지 못하면 죽어버릴 것만 같아요."

_ 그림 형제, 『라푼첼』

"아으으으윽ㄲ아아욱."

보아뱀이 갑자기 이상한 소리를 내는 바람에, 나는 책 읽기를 멈추었다.

"왜 그래? 속이 안 좋아? 아무리 그래도 트림은 좀 참아줬으면 좋겠어."

"무슨 실례의 말씀을. 난 그렇게 매너 없는 짓은 하지 않거든."

반년을 기다리고 처음 들어야 했던 소리가 바로 트림이었다는 말을 꾹 눌러 담고 나는 참을성 있게 보아뱀을 바라보았다. 물론 내 눈동자에 어린 비난의 빛까지 감출 수는 없었다. 그 정도의 기술을 습득하려면 최소한 이십 년은 살아야 한다.

"그럼 조금 전에 낸 그 이상한 소리는 뭔데?"

"감탄사."

보아뱀은 조금도 기죽지 않고 자랑스럽게 대답했다.

"감탄사? 뭘 감탄했는데?"

"상추를 먹지 못하면 죽어버릴 것 같다니, 너무나 시적이고 문학적인 표현이잖아."

나는 시도 문학도 제대로 알지 못하는 여덟 살짜리 아이였지만, 그래도 그건 좀 아닌 것 같았다. 게다가 표현의 문제는 고사하고 고작 상추 같은 걸 못 먹어서 죽을 것 같다니, 도무지 공감이 가질 않았다. 상추 정도라면 나도 먹어본 적이 있지만, 엄마가 입에 넣어주니 먹는 거지 내 손으로 먹고 싶은 음식은 아니었다.

"그러니까 넌 아직 어린애 입맛이라는 거야."

내가 어린애인 건 맞지만, 그런 소리를 들으면 저도 모르게 울컥하는 법이다.

"그냥 풀 맛이잖아."

"쯔ㅇㅇㅇㅇ쯧쯔ㅇㅇㅇ쯧."

"그건 또 무슨 소리야?"

"혀 차는 소리지. 너도 알겠지만, 내 혀는 좀 길거든."

"그래서 쯧과 쯧 사이가 긴 거구나!"

그러고 싶은 마음은 전혀 없었지만, 감탄을 하고 말았다. 그러자 보아뱀은 꼬리로 우아하게 동그라미를 그렸다. 잔뜩 빼기고 있다는 소리다.

"꼬마야, 너는 풀에 대해 뭘 알고 있지?"

내가 풀에 대해 알고 있는 것? 뭐가 있지? 말문이 막힌 내가 궁리를 하는 동안, 그는 가느다란 눈을 더욱 가늘게 뜨고 나를 빤히 바라보았다. 이 상황을 즐기고 있는 게 틀림없었다.

"음, 초록색이고, 조그맣고, 땅에서 자라고… 그런 것들이잖아."

기어들어가는 목소리로 그렇게 말하고 눈치를 보고 있는데, 보아뱀은 의외로 내 대답에 만족한 얼굴이었다.

"네가 방금 중요한 말을 했어. 풀은 땅에서 자라지. 그럼 땅은 뭐고 자라는 건 뭘까?"

"음, 음, 음….'"

그럴듯한 대답을 찾으려고 애를 썼지만, 땅은 땅이고 자라는 건 자라는 것인지라 어떻게 설명을 해야 할지 알 수가 없었다.

"잘 모르겠어. 뭔가는 뭐다, 라고 이야기하는 건 너무 어려운 것 같아."

이제 보아뱀이 마음껏 거들먹거리는 걸 봐줘야겠구나, 생각하면서도 어쩔 수가 없어 나는 항복을 선언했다. 그러나 뜻밖에도 보아뱀은 부드럽게 꼬리를 말아 올리며 말했다.

"그렇구나. 내 질문이 잘못됐어. 그럼 이런 생각을 해보자. 네가 땅에서 자라나고 있다고 상상해보는 거야."

그래서 나는 상상했다. 하지만 땅에서 자라나고 있는 기분은 어떤 것인지 알 수가 없어 고개를 갸웃거렸다.

"눈을 감아봐. 넌 지금 흙 속에 뿌리를 박고 있어. 흙은 촉촉하고 보들보들하지. 머리 위에는 하늘이 있고, 남쪽에서 따뜻한 바람이 불어오는 거야. 그리고 조금씩 자라고 있지. 다리가 점점 길어져서 키가 커지는 거야."

"손가락도 길어져?"

눈을 감은 채, 내가 물었다.

"손가락은 왜? 그게 중요해?"

보아뱀의 목소리에 약간의 짜증이 묻어 있었지만, 나는 아랑곳하지 않았다. 나한테는 아주 중요한 일이었기 때문이다.

"도에서 도까지 닿을 만큼, 길어져?"

"도에서 도?"

"내 손가락은 도에서 라까지 겨우 닿거든. 그래서 피아노를 치기가 힘들어."

"그래그래."

보아뱀은 마지못해 장단을 맞춰주고 서둘러 말했다.

"하지만 피아노 같은 걸 생각할 때가 아니야. 넌 지금 흙 속에 뿌리를 내리고 있으니까."

그래서 나는 피아노 의자에서 내려와 흙으로 돌아갔다.

"이제 오감을 동원하는 거야. 흙의 감촉이 어때?"

나는 손가락을 꼬물거리며 흙을 헤집었다. 흙은 말랑말랑하고 동글동글했다.

"좋아. 촉감과 시각이 한 번에 오는 거야. 어떤 냄새가 나지?"

풋내, 달콤하지만 조금 떫은 것 같은 풋내였다.

"미각과 후각도 떼어놓긴 아까운 법이지. 소리도 들려?"

가장 먼저 귓가에 닿은 건 바람소리였다. 그리고 뭔가 물컹하고 뜨거운 것이 아득한 곳으로부터 다가오는 소리. 감겼다가 풀리고 솟구쳤다 떨어지는 소리.

"그게 생명이야."

보아뱀이 말했다.

"풀 한 포기 안에 들어 있는 게 생명이야. 흙 한 톨 안에 지구가 있고, 바람 한 점 안에 우주가 있어. 그러니까 풀은 그저 그냥 풀이라고 말해버리는 건 미안한 거야."

"누구한테 미안한 건데?"

어쩐지 마음이 뭉클거렸다.

"흙한테. 풀한테. 지구한테. 우주한테. 그리고 너 자신한테."

"나도 생명이니까?"

"그래, 너도 살아 있으니까."

우리는 한동안 입을 다물고, 생명의 소리를 들었다.

"상추는 쌍떡잎식물 초롱꽃목 국화과의 한해살이풀이야."

나는 흙 속에 뿌리를 내린 채로 보아뱀의 설명에 귀를 기울이고 있었다. 지루하기도 하고 발바닥이 간질거리기도 했지만, 꾹 참기로 했다.

"고대 이집트 피라미드 벽화에도 상추가 그려져 있지. 그러니까 기원전 4500년부터 지구에 존재했다는 거야. 종류도 네 가지나 돼. 결구상추, 잎상추, 배추상추, 음, 음, 또 하나가 뭐더라, 그래, 줄기상추. 비타민과 무기질이 풍부하고 진통과 최면효과도 있어. 그래서 상추를 많이 먹으면 잠이 잘 오는 거야. 라푼첼의 엄마가 상추에 혹한 것도 이유가 있어. 상추를 달여 먹으면 젖이 잘 나오거든. 그 사람은 고기나 생선을 싸서 먹는 걸 본 적이 없었을 테니까 샐러드로 먹었을 거야. 내 말이 맞지?"

"응, 엄청나게 큰 그릇에 샐러드를 가득 만들어서 죄다 먹어치우고는, 더 많이 먹고 싶다고 했대. 남편이 두 번째로 상추를 훔치러 갔다가 마녀한테 들키는 바람에 라푼첼을 빼앗긴 거래."

손바닥을 펴서 바람을 만지작거리며, 내가 말했다.

"그런데 나 궁금한 게 있어."

"뭔데?"

"마녀가 계단도 없고 문도 없는 탑에 라푼첼을 가두잖아. 그러고는 라푼첼한테 머리카락을 풀어내리라고 해서, 그걸 타고 올라가잖아. 그럼 애초에 그 탑 안에 라푼첼을 어떻게 가둔 거야? 라푼첼이 갇히기 전에는 머리카락을 내려줄 사람도 없었을 텐데."

"아, 그거 어려운 문젠데."

보아뱀은 눈을 세모로 뜨고 먼 곳을 응시했다.

"아마 라푼첼을 돌봐주는 누군가가 있었을 거야. 그 애는 어렸으니까, 먹을 것도 준비해주고 잠자리도 정리해주고 같이 놀아주기도 했겠지. 그 사람이 먼저 탑 안에 가서, 사다리를 내려줬을 거야."

"그럼 그 사람은 어떻게 탑 안에 들어갔어?"

"벽을 잘 타는 사람이었겠지."

"그럼 마녀는 왜 라푼첼한테 머리카락을 내려달라고 해? 사다리를 내리라고 하면 되는데."

"사다리는 벌써 치워버렸겠지. 안 그러면 라푼첼이 그걸 타고 내려와서 몰래 도망갈 수도 있을 테니까. 그리고 꼬마야, 그 이야기에서 제일 중요한 건 라푼첼의 머리카락이야. 머리카락이 없으면 그 아이는 너무 평범해서 주인공이 될 수가 없어. 그러니까 더 이상 따지지 말자, 응? 난 슬슬 졸리기 시작하거든."

"하지만," 하고 항의하려 하자 보아뱀은 보란 듯이 입을 벌리고 하품을 했다. 그러고는 슬쩍 이야기의 방향을 바꾸었다.

"그나저나 넌 아직도 풀린 거야? 기분이 어때?"

바람이 불어와 나를 찰랑찰랑 흔들었다. 어쩐지 손가락이 조금 길어진 것 같아 나는 허공에 대고 도미솔을 눌러 보았다.

"자라고 있는 기분이야."

내 말에, 보아뱀은 몸을 쭉 뻗으며 말했다.

"그 기분, 잊지 마. 어른들은 절대로 알 수 없는, 근사한 기분이니까."

보아뱀의 몸이 하늘을 향해 솟아오른 느낌표를 닮았다고, 나는 생각했다.

"이런저런 것들을 비교하지도 않고?"

"할머니는 귀가 왜 그렇게 커요?"

"그래야 네 말을 잘 들을 수 있단다."

"할머니는 눈이 왜 그렇게 커요?"

"그래야 너를 잘 볼 수 있단다."

"할머니의 손은 왜 그렇게 커요?"

"그래야 너를 붙잡을 수 있단다."

"할머니의 입은 왜 그렇게 무시무시하게 커요?"

"그래야 너를 잡아먹을 수 있단다."

_ 그림 형제,『빨간 모자와 늑대』

"푸하하하하하하하푸르르르르르르푸하하하하핫핫핫콜록콜록."

보아뱀이 갑자기 웃음을 터뜨렸다. 그러다가 그 끝에 사레가 들리는 바람에 나는 읽던 책을 덮고 급히 달려가서 물을 떠다주어야 했다.

"뭐가 그렇게 웃긴 거야? 빨간 모자가 늑대한테 잡아먹히려고 하는 참인데."

내가 볼멘소리를 하자, 보아뱀은 헛기침으로 목소리를 가다듬었다.

"미안, 미안해. 벌컥 화를 낼 것까지야."

"게다가 입이라면 너도 못지않잖아. 코끼리를 한입에 삼킬 정도로 큰 주제에."

사실 나는 보아뱀에게 화가 났다기보다는, 늑대에게 속아 멍청하게 숲을 헤매고 다니다 할머니가 잡아먹힌 다음에야 나타나서, 멍청한 질문을 하고 있는 빨간 모자에게 화가 난 거였다. 하지만 빨간 모자가 눈앞에 없었기 때문에, 보아뱀에게 화를 낼 수밖에 없었다.

"어이, 어이, 꼬마야. 아무리 화가 나도 그런 걸로 누굴 놀리면 안 되지. 내가 애초에 이렇게 생기려고 작정하고 태어난 것도 아닌데."

불쑥 미안한 마음이 들어, 보아뱀의 시선을 피했다. 잘못을 산뜻하게 인정하고 깔끔하게 사과를 할 정도로 용감하진 못했다.

"물론 나 자신이 마음에 들지 않는다는 소리는 아니야. 정말로 우아한 모습이거든. 나뿐 아니라 세상에 존재하는 모든 생명이 다 그래. 다 다르고 그래서 다 멋진 거야."

"늑대도?"

"콜록콜록."

"가짜로 기침하지 마. 할 말 없으니까."

보아뱀에게 화를 내고 사과도 하지 않아 마음이 불편해진 나는 공연히 핀잔을 주었다.

"좋은 질문이야. 우리, 늑대의 입장이 되어 한번 생각해보면 어떨까."

구렁이 담 넘어가듯 화제를 돌리는 것이 보아뱀의 특기였다.

"늑대의 입장? 할머니랑 빨간 모자를 잡아먹은 늑대 말이야?"

보아뱀은 즐겁다는 듯 꼬리를 빙글빙글 돌리며 나를 바라보았다.

"잘 모르겠어. 난 늑대를 직접 본 적도 없는걸."

"그림을 본 적은 있잖아. 네가 늑대라고 상상해보는 거야. 지난번에 풀이 되었던 것처럼."

그래서 나는 복슬복슬한 털로 뒤덮인 네 발과 날카로운 발톱을 상상했다. 한밤중에도 불을 켠 듯 무시무시하게 빛나는 눈동자와 냄새를 맡기 위해 킁킁거리는 코, 끔찍하게 큰 입과 삐쭉삐쭉한 이빨, 그리고 곤두선 꼬리를 상상했다. 나는 숲 속을 헤매고 다니며 뭔가를 찾고 있었다. 말하자면, 뭔가 먹을 것을.

"그때!"

보아뱀이 갑자기 소리를 질러 나는 깜짝 놀랐다.

"할머니에게 드릴 음식이 가득 든 바구니를 들고 한 소녀가 숲으로 들어왔어. 소녀는 할머니가 만들어준 빨간 모자를 쓰고 있지. 그래서 다들 그 아이를 '빨간 모자'라고 불렀어. 그래서 너는 안녕, 빨간 모자야, 하고 인사를 하는 거야."

"안녕, 빨간 모자야."

"넌 지금 몹시 배가 고파. 이제 어떻게 할 거야?"

"빨간 모자한테 배가 고프다고 말하고, 바구니 안에 있는 음식을 나눠줄 수 있는지 물어볼래. 그 아이를 잡아먹을 수는 없어."

보아뱀은 꼬리를 바닥에 털썩 떨어뜨렸다.

"넌 지금 사람이 아니라 늑대야. 늑대의 입장에서 보면 사람은 그냥 고기 같은 거고. 너도 고기를 먹잖아. 소도 먹고 돼지도 먹고 닭도 먹고. 너 물고기 좋아하지? 네가 사람으로 태어났으니까 물고기를 먹는 거지 만약 물고기로 태어났다면 네 친구들을 먹었을까?"

그렇다면 여태까지 송아지의 엄마와 병아리의 아빠와 물고기의 친구들을 먹었다는 말인가? 나는 당장 울상이 되었다.

"생명은 다 다른 생명으로 생명을 유지하는 거야. 그러니까 그렇게 자책할 필요는 없어."

보아뱀이 서둘러 나를 달랬다.

"하지만…."

"늑대는 자기 힘으로 먹을 걸 구해야 하지. 돈이 없으니까 시장에서 뭘 살 수도 없어. 먹이를 구할 수 있는 날도 있지만 없는 날도 많아. 그래서 빨간 모자가 나타났을 때, 여러 가지 생각을 하고 계획을 세웠겠지."

"응, 빨간 모자도 잡아먹고 할머니도 잡아먹기로 했어. 빨간 모자는 늑대의 말만 듣고 숲 속으로 꽃을 따러 갔고."

"그래서 늑대는 할머니한테 달려가서 빨간 모자인 척하고 문을 열어달라고 했지. 나중에 도착한 빨간 모자도 잡아먹고. 무시무시하게 큰 입으로."

"하지만 결국은 사냥꾼이 와서 모두 구해줬대."

보아뱀은 생각에 잠겨 고개를 끄덕였다.

"그게 늑대의 운명이야. 목숨을 걸고 먹을 걸 구하는 거."

늑대의 삶이라는 것도 꽤나 힘들겠구나 싶어 어쩐지 가엾다는 생각이 들었다.

"그건 인간의 관점에서 비교하기 때문이야. 정작 늑대 자신은 그렇게 태어나서 그렇게 살고 있으니까 스스로를 가여워하진 않을 것 같은데. 문제는 종종 비교에서 생기는 거니까."

보아뱀의 말이 알 듯 모를 듯하여 나는 질문 노트를 펼치고 이렇게 적어두었다.

'무엇과 무엇을 비교하는 문제.'

그건 보아뱀에게 던질 질문이 아니라, 혼자 천천히 생각해야
할 질문이었다.

"그런데 이런 이야기도 있어. 빨간 모자가 늑대의 꼬임에 빠지
지 않고 곧바로 할머니를 찾아가는 거야. 그리고 늑대가 와서 문
을 열어달라고 하니까 할머니가 집 앞에 있는 커다란 물 항아리
에다가 소시지 삶은 물을 부었어. 늑대는 소시지 냄새를 맡으려
고 킁킁거리다가 물 항아리에 풍덩 빠져버렸대."
　내 말에, 보아뱀이 입맛을 쩍쩍 다시며 말했다.
　"오, 그거 재미있는 이야긴데?"
　"어떤 부분이?"
　보아뱀은 눈초리를 올리고 흥미진진한 얼굴로 나를 빤히 바라
보았다.
　"글쎄, 꼬마야, 네 생각은 어때?"
　"아무도 죽지 않는 건 좋아. 하지만 이야기가 너무 빨리 끝나버
리는걸."
　"핵심은 소시지를 삶은 국물이야."
　보아뱀은 가느다란 눈으로 아득히 먼 하늘을 올려다보았다. 애
틋한 추억에라도 잠긴 듯한 표정이었다.
　"그게 뭐야?"

"좋은 재료로 정성껏 만들어도 소스가 나쁘면 망하는 게 요리라는 거지. 한 방울의 훌륭한 소스를 만들기 위해서 얼마나 많은 재료가 필요한지 혹시 너는 알고 있니?"

"몰라."

"그 나이에는 알 수가 없지. 소스란 시와 같은 거야. 시인이 수천 가지 단어 중 고르고 고른 단어 하나에 수천 가지 의미를 담아내는 것처럼, 소스 안에는 수천 가지 재료들이 농축되어 있는 거지. 이를테면 소시지를 삶아낸 국물에는 소시지 본연의 맛이 깊이 배어들어 있었을 거야. 그러니 그 물이 얼마나 멋질까. 난 이럴 때 시인이 부러워. 내 재주로는 그 맛을 형언할 수가 없거든."

소시지 삶은 물의 맛을 떠올려보았지만 딱히 멋지다는 생각은 들지 않았다. 하지만 그런 소리를 입 밖에 내면 '넌 아직 어려서 모르는 거야' 따위의 말을 들어야 할 것 같아 잠자코 입을 다물고 있었다.

"토마토소스에 들어가는 토마토를 생각해봐. 봄과 여름과 가을과 겨울을 품고 있는 토마토와 신선한 올리브에서 짜낸 올리브오일, 눈부시게 하얀 마늘과 양파, 바다를 고스란히 간직하고 있는 소금을 말이야. 월계수잎과 파슬리는 또 어떻고. 그 모든 재료들이 서로서로 어우러져서 완전히 새로운, 그렇지만 본질을 잃지 않은 맛을 내는 거지. 수프나 스튜도 마찬가지야. 당근과 셀러리

와 양파, 빨갛고 노란 파프리카 같은 것들이 최선을 다해 깊은 맛을 만들어내는 거지. 말하자면 그 물은 그냥 물이 아니라, 자연의 본질이 우러나온 물이야. 그러니 유혹에 넘어가지 않을 도리가 있겠어? 그 늑대는 틀림없이 대단한 미식가였을 거야."

보아뱀이 너무나 진지하게 이야기를 하는 바람에, 나도 진지하게 고개를 끄덕일 수밖에 없었다. 그러나 내가 완전히 납득한 게 아니라는 걸, 보아뱀도 알고 있었다.

"언젠가 너도 알게 되겠지. 좋은 사람들과 함께 무언가 멋진 일을 해내고 나면 말이야. 누구도 무시하지 않고 누구도 우쭐대지 않고 너 자신인 채로 그들과 어우러지는 거지."

"이런저런 것들을 비교하지도 않고?"

보아뱀은 긴 꼬리를 들어 올려 내 머리를 쓰다듬었다.

"한 번 비교하기 시작하면, 누구도 행복해지지 않아."

"하지만 그걸로 괜찮은 걸까?"

당나귀가 창문에 앞발을 올려놓고 서자, 개가 그의 등에 올라탔습니다. 고양이는 개의 등에 올라탔습니다. 닭은 날아올라 고양이의 머리 위에 앉았습니다. 그리고는 히이잉, 멍멍멍, 야옹야옹, 꼬끼오, 하고 일제히 소리를 질렀습니다. 깜짝 놀란 도둑들은 유령이라도 본 것처럼 새파랗게 질려 숲 속으로 달아났습니다. 친구들은 도둑들이 남겨놓은 음식에 만족하며 식탁에 둘러앉아 아귀아귀 먹었습니다.
_ 그림 형제, 『브레멘 음악대』

"잘 모르겠어."

책을 읽다 말고 나는 고개를 갸웃거렸다.

"어떤 부분을 모르겠다는 거야?"

보아뱀이 물었다.

"당나귀 위에 개가, 개 위에 고양이가, 고양이 위에 수탉이…."

"그림을 그려봐. 도움이 될 거야."

그래서 나는 스케치북과 연필을 꺼냈다. 당나귀는 개와 비슷하고 개는 고양이와 비슷하고 고양이는 수탉과 비슷하게 그려졌지만, 그럭저럭 어떤 모습인지는 알 것 같았다.

"하지만 그다지 무서워 보이지 않는데?"

"도둑들의 집은 숲 속에 있었지. 그때는 밤이었고. 집 안에는 불이 켜져 있었을 테니까 창에 그림자가 비쳤을 거야. 이제 네가 그린 그림을 새까맣게 칠해봐. 당나귀랑 개랑 고양이랑 닭을 다 하나로 뭉뚱그려서 칠하는 거야."

그러자 본 적도 없고 상상할 수도 없는 시커멓고 무시무시한 형체가 나타났다.

"바로 그거야. 공포는 그런 데서 오는 거지."

"한 번도 본 적이 없는 거? 그러니까, 모르는 거?"

"꼭 그렇지만은 않아. 대부분의 공포는 아는 것들로부터 시작되거든."

나는 이해가 가지 않아 고개를 갸웃거렸다. 공포라는 개념도 잘 모를뿐더러 아는 것과 모르는 것의 차이랄까, 경계 같은 걸 아예 몰랐기 때문이다.

"하룻강아지 범 무서운 줄 모른다는 말, 들어본 적 있지?"

"응, 그 정도는 나도 알아. 금방 태어난 강아지가 호랑이 앞에서 까분다는 거잖아. 무서운 줄 모르고."

"푸하하하핫푸릇푸릇!"

보아뱀이 갑자기 웃음을 터뜨리는 바람에 나는 어리둥절해졌다.

"또 뭐가 웃긴 건데?"

"우리가 처음 만났을 때 말이야, 넌 나를 조금도 무서워하지 않 았지."

"그럼 내가 하룻강아지라는 거야?"

찔리는 게 있는 내가 항의를 해보았지만, 보아뱀은 재미있다는 표정이었다.

"누구에게나 그런 시절이 있으니까, 약 올라할 일은 아니야. 너 는 내가 코끼리를 한입에 잡아먹는다는 사실을 알고 있었어. 그 러니까 나에 대해 아무것도 몰랐던 건 아니지. 코끼리를 잡아먹 을 수 있으니까 너를 잡아먹을 수도 있을 거라는 생각을 하지 못 한 것뿐이야. 말하자면 정보는 있었지만 그걸 너 자신 또는 현실 과 연결하지 못했던 거지."

"그런 생각은 못했어."

나는 순순히 인정했지만, 조금 우쭐한 기분도 들었다.

"하지만 만약 그랬더라면, 친구도 될 수 없었을걸."

"네 말이 맞아."

보아뱀도 순순히 인정했다.

"우리는 언제나 많은 정보를 받아들이고 처리하지만, 불필요한 것들이 대부분이지."

"그런데 그건 무슨 소리야? 공포가 어쩌고저쩌고."

"아, 그러니까 이런 말이야. 아예 아무것도 모를 때는 무서울 이유가 없어. 무언가가 무섭다는 건 그것이 나한테 해를 끼칠 거라고 믿기 때문이야. 어떤 일을 시작할 때 두려움을 가지는 것도 마찬가지지. 실패할지도 모른다고 생각하니까. 그래서 약간만 알고 있는 상태가 가장 어려운 거야. 모르고 있는 나머지가 무슨 짓을 할지 모르거든."

"그런데 그게 브레멘 음악대랑 무슨 상관이야?"

"생각해봐. 도둑들이 본 건 당나귀와 개와 고양이와 닭이 아니라 개네들의 그림자였어. 태어나서 듣도 보도 못한 거대한 덩어리지. 단지 그것뿐이었다면 그렇게 무서워하진 않았을 거야. 문제는 그 덩어리가 익히 알고 있는 작은 것들의 집합체였다는 거지. 도둑들은 그 덩어리 안에서 어딘지 익숙한 형체를 보았을 거야. 비록 그게 무엇인지 금세 알아차릴 수는 없었지만. 사람들은 귀신을 무서워하지?"

"응."

"귀신이라는 건 익숙한 것과 모르는 것이 합해진 거야. 말하자면 삶과 죽음. 사람들은 삶에 대해 알고 있지만, 뭐 이 부분도 따지고 들면 논란의 여지가 많지만, 아무튼 알고 있다고 전제한다면, 죽음에 대해서는 상대적으로 무지해. 그래서 죽음이 삶의 형태를 하고 눈앞에 나타나면 두려워지는 거야. 귀신의 대부분이 사람의 모습을 하고 있다는 것도 꽤 주목할 만하지."

나는 보아뱀의 이야기를 따라가기 위해 안간힘을 썼지만 여전히 알 듯 말 듯이었다.

"그러니까 공포라는 건, 어렴풋하게 알고 있는 것으로부터 시작되는 경우가 많다는 소리야. 단어 하나하나의 의미를 다 이해할 필요는 없어. 지금은 그냥 큰 덩어리로 막연하게 느끼면 되는 거야. 개념이라는 건 따지기 시작하면 점점 모르게 되는 거니까. 공포라는 단어를 분석하지 말고, 하나의 이미지를 떠올려봐. 색깔이나 냄새 같은 것도 좋아. 그쪽이 훨씬 본질에 가까우니까. 그리고 넌 아직 어리기 때문에 가능할 거야."

그래서 나는 공포의 이미지를 떠올려보았다. 그건 내가 그린 그림처럼 시커멓고 거대했지만 동시에 익숙하고 소심한 어떤 부분이 있었다. 치밀하다기보다 듬성듬성하고 거친 질감과 일종의 탄내 같은 것이 느껴졌다. 모든 것이 한순간에 끝장나버릴지도 모른다는, 그러나 그 끝이 어떤 방식인지 알지 못한다는 것에서 비롯되는 이미지였을 것이다. 여덟 살의 나에게, 공포는 그런 것이었다.

"그래서 그 친구들은 도둑들을 쫓아내고 그 집에 눌러 살았다는 거야?"

보아뱀이 물었다.

"응. 그곳이 아주 마음에 들어서 다시는 밖으로 나가려 하지 않았대."

"브레멘에는 왜 가기로 했던 건데?"

"처음에 당나귀가 주인한테 푸대접을 받고 집을 나왔는데, 비슷한 처지의 개랑 고양이랑 닭을 만났어. 다 같이 음악대를 만들어 브레멘으로 가기로 한 거야."

"그런데 결국 거긴 안 갔다고?"

나는 페이지를 넘겨보았지만, 이야기는 거기서 끝이었다.

"그러고 보니, 동화치고는 좀 이상해. 꿈과 희망을 찾아서 막 가다가 중간에 눌러앉아버리기나 하고."

내 불평에, 보아뱀은 흥미롭다는 듯 꼬리를 높이 말아 올렸다.

"의미심장하군. 걔네들, 도둑들이 남겨놓은 음식에 만족하면서 먹었다고 그랬지?"

"응. 아귀아귀 먹었대."

"그러니까 애초에 그런 이야기였어. 그런 성격들이었고."

나는 물어볼 게 많은 토끼 같은 눈으로 보아뱀을 바라보았다.

"잉어에 대한 이야기야. 아, 그런 눈은 하지 마. 너한테 어려운 단어라는 거 아니까. 잉여는 나머지란 뜻이야. 쓰고 난 후에 남은 거 말이야. 나름대로 여기저기서 이런저런 일들을 하며 살았는 데, 그대로 계속 살 수 없는 사정이 생겼어. 그래서 무작정 길을 떠난 거야. 브레멘이라는 건 하나의 명분이었겠지. 여기가 아닌 곳이라면 어디든 좋았으니까. 여태 하던 일을 팽개치고 갑자기 음악대를 만들겠다는 것도 그래. 지금 하는 일만 아니면 다 좋은 거지. 그러다가 우연히 꽤 괜찮은 집을 발견했고, 신나게 도둑들 을 내쫓았고, 그걸로 오케이. 여기서 중요한 건 남은 음식으로 만 족했다는 거야. 걔네들은 뭔가를 생산할 의지가 없어. 꿈이나 희 망 같은 걸 품고 그걸 이루기 위해 차근차근 전진하는 스타일이 아니야. 누군가 쓰다 남긴 것, 누군가 먹다 남긴 것으로 행복해지 는 거지."

"하지만 그걸로 괜찮은 걸까? 다들 꿈을 이루기 위해 열심히 살라고 하던데."

"흐응, 어른들은 늘 그런 소릴 늘어놓지. 자기들도 제대로 못하 는 주제에. 하지만 꼬마야, 열심히 하는 것도 좋고 뭘 이루는 것 도 좋지만, 모든 이들이 그런 걸로 행복해지진 않아. 그런 사람도 있고 아닌 사람도 있는 거야. 그러니까 열심히 살지 않는 삶이 무 의미하다거나, 뭐 그런 판단은 쉽게 내리지 않는 게 좋아. 그렇게 생각해버리면 자기 삶을 살 수 없게 되지. 다른 사람의 가치가 내

가치가 되어버리니까. 혼란스러워지는 거야."

난 이미 충분히 혼란스러웠으므로, 눈을 꼭 감고 고개를 흔들었다. '몰라몰라'라는 심정일 때, 내가 잘하는 짓이었다.

"사람들이 정해놓은 가치 같은 걸 그대로 받아들이진 말라는 뜻이야. 세상에 반드시 그런 건 없거든. 내 이야기도 마찬가지야. 다 옳은 소리는 아니니까. 그렇다고 무시하라는 건 아니다?"

"애한테 너무 많은 걸 바라지 마."

"맞아, 뭘 바라는 것도 좋은 것만은 아니지. 그나저나 도둑들이 한 상 푸짐하게 차린 것 같던데, 엄청나게 궁금하군. 분명히 숲에서 나는 갖가지 과일에다가 마을에서 훔쳐온 닭이랑 채소, 어쩌면 멧돼지 같은 것도 있었을걸."

"그런데 있지, 브레멘 근처에도 안 가본 동물들한테 브레멘 음악대라는 이름을 붙여줘도 되는 거야?"

내 질문에, 보아뱀은 꼬리를 갸웃거리더니 느릿느릿 대답했다.

"뭐 어때. 사랑 아닌 것도 다 사랑이라고 하면서 팔아먹는 세상인데."

"뭔가를 좋아하면 안 되는 거야?"

"게으름뱅이 녀석, 일어나서 물을 길어오너라. 그래야 네 오빠에게 맛있는 걸 만들어주지. 오빠가 살이 쪄야 해. 살이 찌면 잡아먹을 거니까."
그레텔은 눈물을 흘렸지만 아무 소용이 없었습니다. 마녀가 시키는 대로 하는 수밖에요. 불쌍한 헨젤은 매일 좋은 음식을 먹었습니다. 하지만 그레텔이 먹은 건 게 껍질이 전부였습니다. 아침이 밝을 때마다 마녀는 헨젤이 갇힌 우리 앞에서 고함을 쳤습니다.
"손가락을 내밀어보거라. 얼마나 살이 쪘는지 만져봐야겠다."
_그림 형제, 『헨젤과 그레텔』

"아아악!"
손가락 끝에 갑자기 서늘한 감촉이 와 닿아, 나는 읽던 책을 던지고 비명을 질렀다.
"무슨 짓이야!"

보아뱀은 태연한 얼굴로 먼 산을 보고 있었지만 나는 그의 꼬리가 급히 말려들어가는 걸 똑똑히 보았다. 내가 가자미눈으로 노려보자 그는 공연히 헛기침을 했다.

"그냥 한번 찔러본 거야. 소리는 왜 질러."

"놀랐단 말이야! 찔러보긴 왜 찔러보는데? 잡아먹기라도 하게?"

그러자 보아뱀은 정색을 하고 나를 보았다.

"꼬마야, 너, 내가 누군지 혹시 알고는 있니? 내가 마음만 먹으면…."

덜컥 겁이 났지만 아무렇지도 않은 척 주머니를 뒤져 사탕을 한 움큼 꺼내어 보아뱀에게 내밀었다.

"알록달록하고 달콤한 거네. 입에서만 달고 녹으면 그만이니 무익하기 짝이 없지만 기분전환은 되겠지."

사탕 다섯 개를 까서 보아뱀의 혀 위에 놓아주고, 나는 우물쭈물 말머리를 돌렸다.

"마녀의 집은 빵으로 만들어졌대. 지붕은 과자고 유리창은 사탕이었대."

보아뱀은 오도도독 아삭아삭 사탕을 깨물어 먹고 나를 빤히 바라보며 물었다.

"그래서, 헨젤은 포동포동해졌어?"

"손가락 대신 작은 뼈다귀를 내밀었대. 마녀는 눈이 잘 안 보여서, 그게 손가락인 줄 알았어. 하지만 헨젤이 매일 뼈다귀를 내미니까, 참다 참다 그냥 잡아먹기로 하고, 그레텔에게 불을 때고 물을 끓이라고 했어."

"가엾기도 하지. 잡아먹히는 헨젤의 심경도 심경이지만 오빠를 요리해야 하는 그레텔의 운명도 지나치게 가혹해."

어느 쪽의 처지가 더 나쁠까, 잠깐 생각했지만 이내 고개를 흔들어 그 생각을 쫓아냈다. 보아뱀의 말처럼, 비교를 할 일도 아니고 그렇게 해서 답이 얻어지는 것도 아니다. 각자의 몫과 각자의 불행을 저울에 달아볼 수는 없다.

"그런데 나 궁금한 게 있어. 왜 마녀는 늘 아이들을 잡아먹는 거야?"

아이라고 해서 인생을 그저 사는 건 아니다. 나름대로 슬프고 불행한 일도 있는 법이다. 어리다는 이유로 할 수 없는 것도 많고, 어른들의 결정에 의해 삶이 좌지우지되기도 한다. 기껏 열심히 학교에 적응하고 친한 친구들도 생겼는데, 하루아침에 생이별을 하고 전학을 가야 한다거나. 그런 판국에 마녀한테 잡아먹힐 걱정까지 해야 하다니.

"글쎄, 그게 취향인 걸 어쩌겠어. 아무래도 애들은 약하니까 쉽게 잡히기도 하고, 너한테 할 말은 아니다만 육질도 어른보다 부드럽고 연하지 않을까?"

"흥!"

나는 허리에 손을 올리고 최대한 건방진 포즈로 보아뱀을 바라보았다.

"하지만 그레텔이 마녀를 이겼는걸. 그레텔이 더 영리해. 오븐이 잘 데워졌는지 들어가보라고 마녀가 그레텔을 떠밀었는데, 그레텔이 어떻게 들어가야 하는지 모르겠다고 잡아뗐어. 그래서 마녀가 시범을 보이니까 그대로 밀어 넣어버린 거야."

마치 내가 꾀를 내기라도 한 듯 나는 잔뜩 빼기는 목소리를 꾸며냈다.

"세상일이란."

보아뱀은 나를 본 척도 안 하고 초연한 어조로 말했다.

"뭐가?"

금세 말려드는 바람에 빼기고 있던 것도 잊어버리고 나는 도로 멍청한 얼굴이 되었다.

"대체로 그런 식이야. 자기가 좋아하는 것 때문에 망하지."

"아… 아?"

보아뱀의 이야기가 알 듯 말 듯하여 생각을 집중했다. 분명히 어디선가 들은 적이 있는, 본 적이 있는, 최소한 느낀 적이 있는 이야기인 것 같은데, 도무지 기억이 나질 않았다.

"그래, 너도 알고 있는 거야. 네가 나를 만나기 위해서 늘 끼고 다니는 그 책에도 나오지 않아? 좀 다른 이야기지만, 난 그 책이 영 마음에 안 들어. 다짜고짜 나를 등장시켜놓고는 금세 빼버리다니. 주인공은 처음에 등장해서 마지막까지 가야 하는 건데 말이야."

나는 보아뱀의 불평을 싹둑 잘라먹고 어서 본론으로 들어가라는 표시로 손을 팔랑팔랑 흔들었다.

"왜 그 쪼끄만 아이가 지구에 오기 전에 여러 별들을 돌아다니잖아."

"어린왕자가 방문했던 별들?"

"그래, 어린왕자. 난 그 꼬맹이 코빼기도 못 봤지만. 아무튼 그 애가 만난 사람들을 기억해봐. 저마다 자기가 좋아하는 것 때문에 그 지경이 된 거잖아. 술꾼이니 허영꾼이니 상인이니 하는 사람들 말이야."

"음음. 술 마시는 게 부끄러워서 그걸 잊어버리려고 종일 술을 마시고, 아무짝에도 쓸모없이 별의 숫자를 평생 계산하는 사람들?"

"그런 사람들. 돈을 좋아하는 사람은 돈으로 망하고, 명예를 좇는 사람은 명예 때문에 목숨을 잃기도 해. 미모에 목숨을 거는 사람은 수십 번씩 성형수술을 하고 그 부작용에 시달리는 거고."

이해하기 힘든 이야기는 아니었지만 미심쩍은 것이 있었다.

"그러면 뭔가를 좋아하면 안 되는 거야?"

"휴우우우우우우."

보아뱀은 땅이 꺼져라 길고 깊은 한숨을 쉬었다.

"꼬마야, 살아갈 날이 새털처럼 많은 솜털 같은 너한테 뭔가를 좋아하지 말라고 하면, 그건 인생의 즐거움을 죄다 포기하라는 소리와 다를 바가 없지. 내 입으로 차마 그런 말은 할 수가 없어."

"이미 다 한 거 아냐?"

"글쎄, 난 그저 네가 읽어준 헨젤과 그레텔 이야기를 하고 있었을 뿐이야. 아이들을 잡아먹으려고 달구어놓은 오븐에 자기가 풍덩 빠져 구이가 되다니, 애초에 그럴 작정을 하지 않았다면 오래오래 살았을 텐데 말이야. 하지만 마녀는 그런 일이 벌어지리라는 생각을 꿈에도 하지 못했겠지. 자기가 자초한 일인데도. 사고는 한순간이야. 내일 당장, 아니 다음 순간에 무슨 일이 일어날지 아무도 모른다고 하잖아. 하지만 그 일이 순전히 우연만은 아니란 거야. 사소한 선택들이 쌓여서 그런 일이 일어나는 운명을 향해 스스로 뚜벅뚜벅 걸어가게 되는 거지."

"하아아아."

이번에는 내가 과잉된 감정을 한껏 드러내며 한숨을 쉬었다.

"그래서 뭘 어쩌라는 거야. 나더러."

"감수해야지."

보아뱀은 단호한 목소리로 그렇게 말하고 꼬리를 치켜들었다.

"혹은 각오를 해야 한다고나 할까. 살아가면서 좋아하는 걸 갖지 않을 수는 없어. 좋아하는 것 하나 없는 인생은 살아도 사는 게 아니지. 그런 건 그냥 살아 있는 거지 살아가는 게 아니라는 거야. 그러니 좋아하는 걸 하기 위해 위험을 무릅쓰는 거지. 좋아하는 사람을 지키기 위해 온 힘과 마음을 다하는 거고. 문제는 그만한 가치가 있는 것을 원해야 한다는 거야. 그걸 얻는 것으로 네가 행복해지고 더 괜찮은 사람이 될 수 있어야지. 그게 뭔지는 네가 찾아야 해. 돈이냐, 명예냐, 술이냐, 먹을 거냐."

"난 아직 애야. 술 같은 건 몰라."

"언제까지나 애로 살아갈 것도 아닌데 좀 미리 생각하면 어때. 마녀의 집이 과자로 만들어진 것도 다 이유가 있어. 애들은 홀랑 넘어갈 테니까. 결국 개네들도 그걸 뜯어 먹다가 잡힌 거잖아. 만약 어른들을 꼬일 작정이었다면 온갖 술에다가 온갖 안주로 집을 지었을 거야. 벽은 지글지글 구운 등심으로 만들고 지붕은 붉고 푸른 채소와 과일로 올렸겠지. 창에는 싱싱하고 투명한 생선회를 끼워 넣고 말이야. 초록색 무순이랑 와사비로 틀을 두르면 색깔도 산뜻하지 않겠어? 정원에는 분명 우물이 있었겠지. 우물 안에 담겨 있는 건 물이 아니라 레드와인이고."

보아뱀이 쩝쩝거리며 입맛을 다시는 바람에, 나는 주머니 안에 남아 있는 사탕을 모조리 꺼냈다.

"이거 다 줄 테니까 제발 나를 잡아먹진 말아줘."

보아뱀은 고개를 모로 꼬고 나를 지긋하게 바라보았다.

"너하고 얘기하는 데 정신이 팔려서 생업도 내팽개치고. 너 때문에 내가 결국 굶어죽을지도 모르겠다. 참, 세상일이란."

그 말이 나를 좋아한다는 보아뱀의 고백이라는 것을, 나는 한참 후에야 알았다.

"왜 공주들은
잠드는 마법에 걸리는 거야?"

가장 어려운 것은 잠자는 공주들 중에서 막내를 찾아내는 세 번째 임무였습니다. 세 공주가 똑같이 생겼기 때문입니다. 딱 하나 다른 점이 있다면 잠들기 전에 첫째 딸은 사탕을, 둘째 딸은 시럽을, 막내는 벌꿀을 조금씩 먹었다는 것뿐이었습니다. 바보 왕자가 막막해하고 있을 때, 그가 불길에서 구해준 꿀벌 여왕이 나타났습니다. 세 공주의 입을 살펴본 꿀벌 여왕은 벌꿀을 먹은 공주의 입에 날아가 앉았습니다. 왕자가 막내 공주를 찾아내자 마법은 사라지고, 모두 잠에서 깨어났습니다. 돌이 되었던 이들도 사람으로 돌아왔습니다. 바보 왕자는 가장 예쁜 막내 공주와 부부가 되었고, 공주의 아버지가 죽자 뒤를 이어 왕이 되었습니다.

_ 그림 형제, 『꿀벌 여왕』

"그래서 오래오래 행복하게 살았다는 거지?"

몸을 쭉 펴고 기지개를 켜며, 보아뱀이 물었다. 모처럼 따뜻한 바람이 살랑살랑 불어와서, 우리는 집 근처 놀이터에서 책을 읽고 있었다. 겨울을 이기고 맨얼굴을 내밀기 위해 애를 쓰고 있는 꽃봉오리들도 예뻤지만, 생명의 온기로 꿈틀거리는 흙에 코를 박고 있는 키 작은 풀들에 더 마음이 갔다. 풀의 입장이 되어보지 않았다면 영원히 몰랐을 아름다움이었다. 내가 느끼지 못했던 세상의 아름다움을 일러주고 보여주는 존재가 있다는 것이 얼마나 멋진 일인지, 그때는 알지 못했지만.

"아니, 그런 말은 없는데? 그냥 결혼을 했다, 하고 끝났어."

"그거 다행이군. 난 항상 그게 싫더라. 그렇게 해서 결혼을 한 사람들이 행복했는지 불행했는지 알 게 뭐야. 뭐 잠깐은 행복했겠지만. 인생에는 많은 일들이 일어나는 법인데, 무책임하게 그런 식으로 끝나버리면 따지고 싶어지거든."

"그런데 나 궁금한 게 있어."

내 말에, 보아뱀은 긴 몸으로 물음표를 만들어 보였다.

"당연하지. 당연히 궁금한 게 있겠지. 왜 없겠어. 그래, 뭐가 그렇게 궁금한데?"

"잠자는 세 공주 중에 제일 어여쁜 막내딸을 찾아내라는 과제가 왜 어려워? 제일 예쁘다면서? 그런데 다들 똑같이 생긴 건 또 뭐야?"

"글쎄, 아름다움이란 저마다 고유의 영역이 있는 건데. 무슨 근거로 제일 예쁜 공주를 고르라는 거야? 그것부터 마음에 안 들

74

어. 말이 나왔으니 말인데, 나는 인간들이 개최하는 각종 대회라는 것도 영 못마땅해. 우르르 줄을 세워놓고 제일 예쁜 여자를 뽑는 것도 우습기 짝이 없고, 무슨 피아노 콘테스트니 글짓기 대회니 하는 것도 끔찍하기 짝이 없어. 말로는 예술이라면서 그 예술의 모든 장르를 걸고 경쟁을 하다니, 그게 무슨 개가 물어갈 예술이야. 뭐, 그 공주들은 단체로 성형수술이라도 받았나보지. 누구처럼 만들어주세요, 하고."

보아뱀은 잔뜩 흥분했지만 나는 웃음이 터졌다. 세 공주가 나란히 누워 수술을 받고 있는 모습이 떠올랐기 때문이다.

"그런데 왜 항상 공주들은 잠드는 마법에 걸리는 거야?"

내 질문에, 보아뱀은 화를 가라앉히느라 잠깐 숨을 고르고 대답했다.

"이야기는 행동의 모방이야."

"무슨 소리야?"

"아리스토텔레스라는 사람이 한 말이지. 이야기의 재료는 사람이 아니라 행동이라는 거야. 좀 더 쉽게 말하면, 그 사람의 행동이 그 사람을 결정한다는 거지. 네가 좋아하는 사람을 떠올려봐. 네가 싫어하는 사람도. 너는 너한테 함부로 행동하는 사람보다, 다정하게 대해주는 사람을 좋아하지?"

"그야, 당연하지."

"마법에 걸려 잠이 든 공주는 더 이상 움직일 수가 없어. 공주를 깨워야만 이야기가 진행되지. 인물을 잠들게 한다는 건 그러니까 그 인물을 완전히 무기력하게 만드는 거야. 이 시점에서 우리의 주인공이 등장해. 바로, 바보 왕자 같은 인물이지. 왕자는 세 형제 중에 제일 멍청했지만 개미를 괴롭히려는 형들을 말리고, 오리를 죽이려는 형들을 말리고, 벌을 불태우려는 형들을 말렸어. 그게 왕자의 행동이지. 그 행동으로 인해 우리는 바보 왕자가 다정한 사람이라는 걸 알게 되었고, 그래서 응원하게 되는 거야. 그리고 행동의 결과, 바보 왕자가 도와준 개미와 오리와 벌이 결정적인 문제를 해결하는 거지. 그런데 그 공주들이 뭘 먹었다고?"

"첫째는 사탕을, 둘째는 시럽을, 막내는 벌꿀을 먹었대."

"흠. 그 문제는 한 번쯤 고려해볼 만한 가치가 있군."

"왜?"

아무 생각 없이 질문을 던지고 바로 후회했지만, 보아뱀은 이미 입을 쫙 벌리고 의기양양한 얼굴로 요리강연을 시작해버렸다.

"먼저 사탕이란 무엇이냐. 그것은 설탕을 주원료로 하고 뭔가 다른 것들을 첨가하여 만드는 설탕과자지. 지난번에 네가 가져다준 그 딱딱한 것 말이야."

"사탕이 뭔지는 나도 알아."

아는 게 별로 없는 사람일수록 아는 게 없는 사람 취급을 당하면 발끈하게 된다. 모처럼 아는 이야기가 나오면 목소리가 커지는 것도, 아는 게 별로 없기 때문이다. 그러나 보아뱀은 아랑곳하지 않고 말을 계속했다.

"영어로는 캔디candy, 라틴어로 설탕을 캔can이라고 하는데 여기에서 비롯된 말이야. 디die, 즉 틀에 넣어 굳혔다고 해서 캔디라고 불리지. 설탕이 다시 녹았다 굳는 걸 방지하기 위해서, 또 서로 잘 달라붙게 하기 위해서, 거기에 반짝반짝 광택을 주기 위해서 물엿을 넣는 거야. 여기에 버터, 연유 같은 유제품, 야자유, 카카오기름 같은 기름, 꿀이나 포도당, 땅콩이나 건포도 같은 견과류나 과일, 알록달록하게 만드는 색소 같은 걸 섞어 수천 가지 종류의 사탕을 만들 수 있어. 사탕의 등장으로 인해, 인류의 미각은 근본적으로 변한 거야. 하지만 이건 옛날이야기고 사탕의 종류가 많아진 건 훨씬 나중의 일이니까, 첫째 공주가 먹은 건 그냥 설탕을 굳힌 거겠지."

나는 하품을 참으려 입을 꼭 다물고 고개를 끄덕였다.

"다음, 시럽이란? 설탕을 녹여 향료를 첨가한 액체설탕이야. 설탕과 물의 비율은 오 대 오, 이걸 플레인 시럽이라고 부르지. 여기에 무얼 더 넣느냐에 따라 여러 가지 시럽이 탄생하는 거야. 아라비아고무를 넣은 검 시럽gum syrup, 석류의 풍미를 지닌 선홍색의 그레나딘 시럽grenadin syrup, 나무딸기 맛의 라즈베리 시럽raspberry Syrup 등등. 단풍나무로 만든 메이플 시럽maple syrup을 핫케이크에 끼얹지 않는다면 나는 매우 섭섭할 거야. 둘째 공주가 먹은 시럽이 뭔지는 모르겠지만, 설탕과 물을 섞은 다음에 과일로 맛과 향을 낸 것일 확률이 높지. 자는 거야?"

꼬박꼬박 졸고 있던 나는 화들짝 놀라 눈을 반짝 뜨고 재빨리 말했다.

"벌꿀 하나 남았어."

"오, 꿀벌들은 인류의 가장 오랜 친구라고 사람들은 말하지. 그런데 꿀벌들의 입장은 좀 다를 거야. 걔네들은 약 사천오백만 년 전 지구에 나타났으니까 그 후에 등장한 인간들이 탐탁지 않았을 게 분명해. 기껏 함께 살게 해줬더니 열심히 모아놓은 꿀을 빼앗아갈 궁리나 하고. 파라과이 동쪽에서 살고 있는 인디언들은 벌꿀을 야금야금 먹는 것으로도 모자라서 그걸 주식으로 했지. 얼마나 맛있었으면 그랬을까. 르네상스 시대 이전까지는 단맛을 내는 유일한 감미료가 꿀이었고 그 후에 여러 가지 단 것들이 생겨나긴 했지만, 아직도 꿀을 따라갈 수 있는 건 찾기 힘들다는 게 나의 지론이야. 생각을 해봐. 네 손톱만 한 꿀벌 한 마리가 세상에 태어나 꽃이 피기를 기다렸다가 싸리나무, 밤나무, 감나무, 밀감나무를 찾아 온종일 돌아다니면서, 꽃의 꿀샘에 빨대를 밀어

넣고 꿀을 빨아올린 다음에, 벌통에 저장을 하는 거야. 꿀벌의 수명은 사 개월 정도인데, 한 마리가 일 킬로그램의 꿀을 만들기 위해서는 오백육십만 개의 꽃송이를 찾아야 하지. 너 같으면 그렇게 모은 꿀을 빼앗기고 싶겠어?"

"사람이란 갈수록 태산이군."

나는 팔짱을 끼고 세상 다 산 사람 흉내를 내며 자조적으로 말했다.

"하지만 생명은 생명으로 유지되는 거라고 누가 이야기해준 거 같은데."

"흠흠."

보아뱀은 헛기침을 하며 꼬리를 휘저었다. 화제를 바꾸고 싶다는 의미였다.

"꼬마야, 이제 차이를 알겠어?"

"무슨 차이?"

"그러니까 막내 공주가 먹은 건 두 언니들과 급이 다르단 거지. 걔네들은 기껏 설탕과자랑 액체설탕을 먹은 거지만, 막내는 수많은 꽃들의 결정을 먹은 거야. 비록 한 숟가락이지만, 그 한 숟가락에는 수천 송이의 꽃이 들어 있어. 바로 그게 막내랑 언니들의 차이야. 무엇을 먹느냐가 그렇게 중요한 거지. 그 사람이 먹는 게 그 사람을 결정한다는 소리도 있잖아."

"그런 소리가 있어? 지금 막 지어낸 게 아니고?"

"시끄러워. 그러니까 바보 왕자는 꿀벌 여왕의 도움 없이도 그 정도는 가려낼 수 있었어야 해. 그저 달콤하기만 한 향기가 아니라 꽃의 향기를 품고 있는 공주를 찾으면 되는 건데. 그게 뭐 그렇게 어려운 일이라고."

아직 싸늘한 바람에 팔랑팔랑 흔들리고 있는 꽃봉오리들을 바라보며, 나는 꿀을 찾아 돌아다니는 꿀벌들을 생각했다. 온 세상의 모든 생명이 끝없이 무언가를 찾고 있다. 달콤한 것을, 향기로운 것을, 보드라운 것을, 사랑스러운 것을, 그러니까 사랑할 수 있는 대상을.

"그런데 있지, 동화 속의 왕자와 공주들은 서로 잘 알지도 못하는데, 그냥 구해줬다는 이유로 결혼을 해버리고 말잖아. 그런 일이 가능한 거야?"

나의 의문에, 보아뱀은 어쩐지 슬픈 목소리로 대답했다.

"다 안다고 다 잘 사는 것도 아니지. 다 안다고 다 할 수 있는 게 아닌 것처럼. 세상에는 몰라서 못하는 것보다, 알지만 못하는 게 더 많을지도 몰라."

여섯 번째 이야기 · 개구리 왕자

"다정한 쪽이 훨씬 아름답지 않아?"

"공주님의 옷, 진주와 보석, 금관 같은 건 필요 없어요. 공주님이 나를 좋아해주고 친구로 삼아주기만 한다면요. 공주님의 식탁에 같이 앉아서 공주님의 황금 접시에 놓인 음식을 먹고, 공주님의 컵으로 마시고, 공주님의 침대에서 함께 잠을 자게 해준다면, 그렇게 하겠다고 공주님이 약속한다면 내려가서 황금공을 가져올게요."
_ 그림 형제, 『개구리 왕자』

"왜 그래? 충격을 받은 표정인데?"

보아뱀이 내 안색을 살피며 꼬리를 갸웃거렸다. 아닌 게 아니라, 나는 어안이 벙벙해져 있었다.

"난 지금까지 공주가 개구리한테 키스를 해줘서 마법이 풀리는 거라고 알고 있었어. 쪽 하고 입을 맞췄더니 짠 하고 개구리가 왕자로 변하는 거였는데."

"그런데 원래 이야기는 그런 게 아니었단 거군."

"응. 개구리가 침대에 넣어달라고 하니까 공주는 화가 머리끝까지 나서 개구리를 집어 들고 온 힘을 다해 벽에다 내동댕이쳤대. 그러고는 뭐라고 했는지 알아?"

"뭐라고 했는데?"

"이제 푹 쉴 수 있을 거야, 이 더러운 개구리!"

"아이쿠, 너의 그 깜찍한 입에서 그런 끔찍한 소리가 나오다니. 너무 심하잖아?"

보아뱀은 꼬리로 땅을 탁탁 치며 불편한 심기를 드러냈다.

"내가 한 말이 아니라, 공주가 한 말이라니까."

"애들 보는 책에 그런 하드코어 대사가 나올 줄이야. 과연 충격을 받을 만하군."

나는 열렬히 고개를 끄덕이며 동조했다.

"내가 어릴 때 본 그림이 많은 동화책에서는 공주가 개구리한테 엄청 다정하게 대해줬는걸. 그렇게 다정한 성격이라서 마법을 풀 수 있는 거라고 그랬단 말이야."

"그런데 넌 지금도 어리지 않아?"

보아뱀의 말을 못 들은 척하며, 나는 책에 코를 박았다.

"여기 나오는 공주는 성격이 전혀 달라. 황금공을 찾아주면 밥도 같이 먹고 잠도 같이 자겠다고 약속을 해놓고, 막상 개구리가 찾아오니까 짜증을 내. 공주의 아버지인 왕이 약속은 지켜야 한다고 하니까 마지못해 문을 열어줬대."

"그러니까 약속도 안 지키고 짜증은 있는 대로 내는 버르장머리 없는 공주가 마법도 풀고 왕자랑 결혼도 했다는 거야?"

"내 말이."

우리의 대화는 잠시 중단되었다. 보아뱀은 열심히 궁리를 하는 모양이었고 나는 어이가 없어서 할 말이 없었다.

"여기서 주목할 만한 건,"

마침내 보아뱀이 입을 열었다.

"개구리가 황금공을 가져다주는 대신, 자신에게 베풀어달라고 하는 것들이야. 개구리는 금은보화 같은 건 필요 없다고 했잖아. 음식과 잠자리를 달라는 거였지. 사람이건 동물이건, 입으로 들어가는 게 그만큼 중요하다는 거야."

보아뱀은 자신의 이야기에 만족한 듯, 의기양양하게 똬리를 틀고 머리를 치켜들었다.

"그야 개구리인걸. 개구리한테 공주의 옷이나 보석 같은 게 무슨 소용이람. 금관은 받아봤자 쓰지도 못할 테고. 먹는 게 남는 거지."

여전히 심기가 불편했던 나는 여전히 삐딱하게 대답했다.

"단지 먹을 것과 잠자리가 필요했다면,"

보아뱀은 나를 궁금하게 만들기 위해 일부러 포즈를 두었다가 말을 이었다.

"그걸 요구했겠지. 하지만 개구리가 한 말을 잘 살펴봐. 공주와 같은 접시와 같은 컵을 쓰고, 같은 침대에서 자고 싶다고 했어. 다시 말해 자신을 좋아해주고 친구가 되어달라는 거지."

"그거야 공주가 가지고 있는 접시랑 컵이랑 침대가 예뻐서 그런 거 아니야?"

보아뱀의 말이 일리가 있다고 생각했지만, 한번 비뚤어지기 시작했으니 끝까지 가야 할 것 같았다. 여기서 물러진다는 건 뭔가 어중간했다. 어리고 어리석은 자존심이 마음에 뾰족한 가시를 돋아나게 했기 때문이었다.

"그럼 그런 것들을 달라고 그랬겠지. 그랬다면 공주도 선뜻 내주었을 테고, 벽에 내동댕이쳐지지도 않았을 텐데."

의외로 보아뱀은 나의 시건방진 관점에 대해 잔소리를 늘어놓지 않았다. 그는 지그시 눈을 감은 채, 뭔가 다른 생각에 골몰하고 있는 것처럼 보였다. 그래서 이쯤에서 누그러져도 괜찮겠다 싶어졌다.

"무슨 생각해?"

언제 삐딱하게 굴었냐는 듯, 나는 천진한 아이의 목소리로 물었다.

"어쩌면 개구리는 개구리가 되기 전에 공주만큼이나 버르장머리 없는 왕자였을지도 모르겠다는 생각."

보아뱀은 슬쩍 눈을 뜨고 대답했다.

그때까지 난 이야기가 시작되기 전의 이야기 같은 것에 대해 생각해본 적이 없었다. 개구리가 원래 왕자였다는 건 알았지만, 왕자가 왜 마법에 걸렸는지, 마법에 걸리기 전에는 어떻게 살았는지에 대해 마음을 쓸 만큼 복잡한 인간이 아니었던 거다. 그냥 어린아이답게, 단순하게, 어느 날 개구리는 마법에 걸려 왕자가 되었다고 하면, 그런가 보다, 하고 받아들였다. 이야기 후의 이야기에 대해서는 잠깐 궁금해한 적이 있었지만, 시간이란 강물처럼 앞을 향해 흘러가는 것이니 당연한 일이다. 그건 엄마가 내일 도시락 반찬으로 무얼 싸줄까, 소풍 가는 날 날씨가 맑을까 비가 올까, 같은 궁금함과 동일한 선상에 놓인 것이다. 그래서 보아뱀의 관점이 신기하고 신선하고 놀라웠다.

"꼬마야, 사람들은 한때 누렸던 것을 빼앗기면 그걸 다시 찾고 싶어 해. 마찬가지로 그때 누리지 못했던 것을 언젠가 누리고 싶다는 욕구도 있지. 알 것 같아?"

이야기가 다른 데로 샌 것 같았지만 그래도 열심히 고민했다. 하지만 그때까지 나는 누렸던 것을 빼앗긴 경험도, 누리지 못한

것을 아쉬워하는 상황에 처한 적도 없었다.

"잘 모르겠는데."

"그럼 이렇게 말해보자. 지난날에 후회되는 일이 있는데, 그걸 바로잡을 수 있는 기회가 찾아왔다면 넌 어떻게 할 거야? 그때 엄마 말을 잘 들었다면, 그때 친구랑 싸우지 않았다면, 그런 생각은 해본 적 있겠지?"

그런 생각 정도야 해본 적 있지만 자랑도 아니고, 재잘재잘 늘어놓고 싶진 않아, 나는 원래의 화제로 돌아갔다.

"그런데 그게 개구리랑 무슨 상관이야?"

"내 생각엔 말이야, 왕자는 개구리가 되기 전에 천방지축으로 살았을 것 같다는 거지. 공주한테 필요 없다고 했던 것들, 그러니까 옷과 보석, 금관 같은 것을 좋아했을 거야. 그리고 공주한테 요구했던 것, 그러니까 친구는 없었을 거야. 개구리가 되고 나서 알았겠지. 누군가와 식사를 같이 한다는 건 삶을 나누는 것이고, 나누지 않으면 아무 의미도 없는 게 삶이란 걸 말이야."

"하지만 원래 친절한 성격이었을 수도 있잖아."

"만약 그랬다면 공주의 행동을 받아줄 수는 있어도 이해할 수는 없었을 거야. 마법을 풀어준 것에 대해서는 고마워했겠지만 결혼까지 했을 리는 없어. 왕자는 공주를 제대로 알았던 거야. 공주가 아직 어리고 철이 없어서 정말 소중한 게 뭔지 모른다는 것

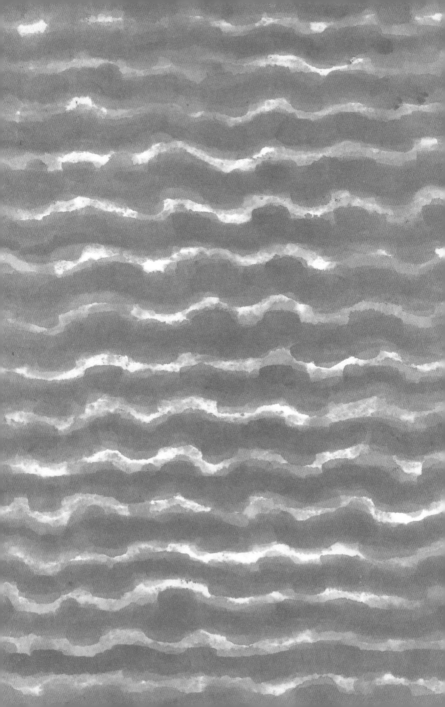

도. 그래서 공주를 안타깝게 여긴 거야. 자신의 경험을 들려주고, 공주에게도 진짜 소중한 것을 알려주고 싶다는 마음이 되었을 거야."

말이 되네, 하고 생각했지만 나는 짐짓 어른스러운 얼굴로 토를 달았다.

"그래도 공주가 다정한 쪽이 훨씬 아름답지 않아? 개구리를 집어 던지다니. 아이들이 따라 하기라도 하면 어쩌려고."

"그래, 네 말이 맞아. 하지만 그런 게 진짜 인생인 걸 어쩌겠어."

보아뱀은 동그랗게 똬리를 틀고 가느다란 눈으로 하늘을 올려다보았다. 나는 그와 식탁에 나란히 앉아, 같은 접시에 든 음식을 나눠 먹고, 같은 컵에 든 주스를 홀짝홀짝 마시는 모습을 상상했다. 하지만 코끼리를 한입에 먹는 보아뱀과 밥 한 공기도 다 못먹는 내가 나란히 앉을 만한 식탁 같은 건 없었기 때문에, 어쩔 수 없다고 생각했다.

그때 누리지 못했던 것을 누릴 수만 있다면 무엇이든 할 수 있을 텐데. 아주 나중에야, 그런 생각이 들었다. 그러나 시간은 앞으로만 흐르고, 돌이킬 수 있는 건 아무것도 없다. 이야기 전의 이야기 같은 건 이야기 속에서나 가능하다. 그리고 진짜 인생이란, 이야기보다 훨씬 가혹한 것이다.

일곱 번째 이야기 · 달

"이별이 오면 어떻게 해야 해?"

어느 날, 네 명의 청년이 멀리 여행을 떠났습니다. 도착한 곳은 다른 나라였습니다. 저녁이 되어 해가 산 너머로 사라질 때쯤, 그들은 어느 떡갈나무 위에 희미하게 빛나는 공 하나가 걸려 있는 걸 보았습니다. 이윽고 캄캄한 밤이 되자 그 공은 더욱 밝아지며 먼 곳까지 구석구석 빛을 보냈습니다. 해처럼 환하지 않아도 사물을 구별하기에는 충분한 빛이었습니다. 놀라 우두커니 바라보던 청년들이 때마침 수레를 끌고 지나가는 농부에게 저것이 무엇인지 물었습니다.

"달이라네." 농부가 대답했습니다.

"촌장님이 금화 세 닢을 주고 사와서 저기 걸어놓은 거야. 저렇게 빛을 내려고 촌장님은 매일 기름을 치고 닦는다네. 그 대가로 일주일에 금화 한 닢씩을 우리한테서 받아가지."

_그림 형제, 『달』

우리는 나란히 앉아 강 위로 둥실 떠오른 동그란 달을 바라보고 있었다. 달은 강둑을 따라 지천으로 피어난 개나리처럼 노랗고, 보들보들하고, 한 입 베어 물면 달콤한 맛이 날 것처럼 보였다. 봄밤의 보름달이었다.

"하아아아아아아아아아."

보아뱀의 길고 긴 탄식이 강물 위로 스며들어 둥실둥실 흘러갔다.

"왜 그런 소리를 내는데?"

"감흥이지, 감흥."

"감흥?"

"마음속에 깊이 감동을 받으면 저절로 흥이 솟구치는 법이거든."

나는 머릿속에 '감흥'이란 두 글자를 새겨 넣었다. 나중에 사전을 찾아볼 작정이었다. 보아뱀과 대화를 하다가 간혹 내가 모르는 단어가 나오면, 아빠가 초등학교 입학선물로 사준 사전을 들춰보는 버릇이 그즈음에 새로 생겼다.

"그런데 왜 흥이 솟구쳐? 왜 감동을 받았는데?"

내 질문에, 보아뱀은 목을 외로 꼬고 달을 바라보았다.

"봄밤이잖아. 달이 저렇게나 밝은데 내 옆에는 어린 벗이 있고. 이렇게 완벽한 순간은 삶에서 많지 않은 법이야. 그것이 다만 순간이라는 게 더욱 마음을 치는 거지."

감동이란 외부세계로부터 전속력으로 달려와 갑자기 마음에 탕, 부딪치는 것인 줄 알았던 나이였다. 책을 읽다가 어느 구절에서 울컥, 비틀거린다거나 누군가의 살가운 배려에 출렁, 흔들리

는 것처럼. 아무 일도 일어나지 않는 시간과 공간 안에서 새삼스
럽게 울컥, 하고 출렁, 할 일이 있다는 것을, 아무 말도 없이 나란
히 앉아 강물이 흐르고 달빛이 흐르는 것을 바라보다 북받치는
감동에 몸을 떨기도 한다는 것을 그때의 나는 이해하지 못했다.
긴 시간이 흐른 후, 그날 밤의 봄과 강과 달을 떠올리며, 사무치
는 마음이 될 줄은 몰랐다. 그건 먼 우주로부터 전속력으로 달려
와 갑자기 마음에 탕, 부딪치는 순간이었다.

"달을 보러 나오길 잘했네."

달을 향해 목을 빼고 있는 보아뱀을 바라보며, 내가 말했다. 그
날 낮에 우리는 '달'이라는 제목의 동화를 함께 읽었다. 달이 없
는 캄캄한 나라에서 태어난 네 명의 친구가 여행을 떠나, 태어나
서 처음으로 달을 보게 되는 이야기였다.

"그래서 그 사람들이 달을 훔쳐다가 자기네 마을에 걸어놨다
는 거야?"

보아뱀이 물었다.

"응. 나무 위로 올라가서 달을 따다가 마차에 싣고 보자기로 덮
어서 가져갔대."

보아뱀이라면 나무 위를 오르는 수고를 할 것도 없이, 몸을 길
게 뻗어 달을 딸 수도 있을 것이다.

"그런데 한 사람이 죽을 때마다 달의 일부분을 가져갔단 거지?"

"응. 제일 먼저 죽은 사람이, 달의 사 분의 일은 자기 것이니까 무덤에 같이 묻어달라고 했대. 그래서 나머지 세 사람도 똑같이. 결국 네 사람이 다 죽어버려서 마을은 다시 캄캄해지고."

달을 잃어버린 마을보다 더 곤란해진 건 지하세계였다. 네 조각이 모여 다시 동그래진 달은 지하세계를 환히 밝혔고, 그 바람에 죽은 사람들이 깨어나 소란을 부리기 시작했다. 이 소동을 해결한 건 하늘나라의 문을 지키는 성 베드로였다. 그는 지하세계로 내려가 죽은 자들을 무덤으로 돌려보낸 다음, 달을 가지고 하늘로 돌아갔다.

"그때부터 달은 하늘에 걸려 있게 된 거래."

그렇게 말하고 책을 덮었을 때, 문득 달을 보고 싶다는 욕구가 뭉클거렸다. 보아뱀도 그랬던 것 같다. 달력에 표기된 음력 날짜를 찾아보니 마침 보름 하루 전날이었다. 그래서 우리는 그날 저녁, 집 앞에 있는 놀이터로 달을 보러 갔던 거였다. 아직 초저녁이어서, 엄마도 딱히 반대하진 않았다. 물론 보아뱀과 달을 보러 간다는 소리는 하지 않았지만.

"달을 보고 싶다는 기분 같은 건, 처음이었어. 이렇게 한참 동안 달을 바라본 것도."

내 말에, 보아뱀은 강물처럼 부드럽게 몸을 흔들었다.

"오늘 네가 본 달은 어제의 달과 다르니까. 어제까진 그저 하늘에 떠 있는 무엇이었지만, 그 동화를 읽은 다음부터는 의미가 생겨버린 거야. 말하자면 존재에 의미가 부여된 거지. 하나의 이야기를 가진 존재는 어떤 형태로든 삶으로 파고들어 오니까."

내가 '왜?' 하고 묻기 전에, 보아뱀이 말을 이었다.

"너는 친구랑 여러 가지 이야기를 나누겠지. 이야기를 나누면서 친구가 되는 거야. 그 전까지는 혼자서만 가지고 있던 기억이나 생각 같은 것들을 공유하면서 말이야. 만약 친구가 초록색을 좋아한다고 말하면, 그다음부터 초록색을 볼 때마다 그 친구 생각이 나는 거야. 너는 삶은 당근을 싫어하지?"

"응."

"네가 친구한테 나는 삶은 당근이 싫어, 하고 말하는 순간부터 그 친구는 삶은 당근을 먹을 때마다 내 친구는 이걸 싫어하는데, 생각하겠지. 그런 식으로 사물에 대한 존재는 확대되는 거야. 길가에 굴러다니는 돌멩이 하나도, 그 돌멩이가 어디에 박혀 있다가 어떤 경로로 굴러왔는지 알게 되면, 그냥 돌멩이가 아니게 돼. 세상의 모든 존재는 저마다 이야기를 가지고 있고, 살아가다 보면 좋든 싫든 그들의 사연을 알게 되겠지. 나이가 든다는 건 그런 식으로 세계가 확장된다는 거야. 한편으로는 꽤나 골치 아프지."

이제부터 달을 볼 때마다, 달을 훔쳐간 네 사람과 달을 잃어버린 마을의 풍경, 달빛으로 인해 소란스러워진 지하세계와 달을

따서 하늘에 걸어둔 성 베드로를 떠올리게 되겠구나, 나는 생각했다. 그러나 그로부터 오랜 세월이 흐른 후 내게 남은 건, 그날 밤 강물 위로 개나리처럼 노랗고 보드라운 빛을 뿌리던 달과 그 순간에 넘쳐흐르던 어떤 충만함이었다. 그리고 물론 그 충만함의 뿌리에는 보아뱀이 있었다.

"그런데 말이야,"

보아뱀이 고개를 갸웃거렸다.

"너희 지구인들이 달은 지구의 위성이고 햇빛을 반사해서 빛을 내고 표면에 분화구가 있고 대기는 없다는 걸, 달의 공전 주기는 27.32일이고 반지름은 1,738킬로미터라는 걸 밝혀내기 전에, 그러니까 달에 대해 무지했을 때, 사람들은 달을 뭐라고 생각했을까?"

달에 관한 막연한 정보 위에 새롭고 구체적인 정보가 쏟아져서, 나는 입을 헤, 벌리고 망연해져 있었다. 그러자 보아뱀은 꼬리로 땅을 탁, 내려치면서 말했다.

"그래, 넌 아직 어린아이니까 달에 대해 무지할 테지. 너는 달을 뭐라고 생각해? 달을 보면 무슨 생각이 들지?"

무지라는 말에 잠시 발끈했지만 딱히 틀린 이야기는 아니어서, 다시 달을 올려다보았다. 나는 저게 뭐라고 생각할까. 저걸 보며 무슨 생각을 할까. 나는 네 개로 쪼개진 달을 생각했고, 동그란 빵이 사 등분된 모습을 떠올렸다. 하지만 그건 진짜 달은 아니었다. 그런데 진짜 달은 뭘까?

"잘 모르겠어. 나는 달을 만져본 적도 없는걸."

"바로 그거야. 달은 사람들이 최초로 발견한, 손에 잡히지는 않지만 눈으로 볼 수는 있는 존재일지도 몰라. 세상에는 그런 것도 있다는 걸 처음 알게 되면, 누구나 충격을 받겠지. 분명히 보이는데 가까이 갈 수는 없어. 그래서 뭔가 묘한 기분이 들게 하지. 보는 사람으로 하여금 여러 가지 생각을 하게 만드는 거야."

그런 건가, 나는 생각했다. 인류의 최초는 아니었지만, 내 인생의 최초로 달을 보고 있다는 느낌이었다. 달은 여전히 노랗고, 보들보들하고, 달콤한 맛이 날 것처럼 보였지만, 뭔가가 달라져 있었다. 그로부터 일 년 정도가 지났을 무렵, 나는 '달의 뒷면'이라는 짧은 글을 쓰게 되는데, 그건 나의 첫 소설이었다. 그러니까 그날 밤, 내 인생의 방향이 조금쯤 바뀌었다고 말해도 좋을 것이다.

"손에 잡히지는 않지만 눈으로 볼 수는 있는 존재."

나는 보아뱀이 한 말을 되새겨보았다. 그러한 존재가 세상에 차고 넘칠 지경으로 많다는 건, 그때는 몰랐다. 만약 내가 최초로 알게 된 그러한 존재가 달이 아니었다면, 그토록 아름다운 무엇이 아니었다면, 나는 만족할 줄 모르는 불만투성이의 인간이 되

었을지도 모른다. 성 베드로가 하늘나라에 걸어둠으로써 우리는 공평하게 달을 누릴 수 있게 되었다. 훔칠 일도, 잘라낼 필요도, 소유하지 못해 안달복달할 이유도 없는 보물이다. 다행스럽게도, 나는 그런 걸 혼자 가지겠다고 아우성을 치는 인간이 되지 않을 수 있었다.

"언젠가 너도 알게 될 거야."

보아뱀이 말했다.

"세상에는 그런 소유도 있어. 잡을 수 없어도 볼 수 있는 것. 마찬가지로 볼 수 없어도 마음에 담아둘 수 있는 것도 있지. 이를테면 기억 같은 것."

보아뱀의 맥락을 잘 따라갈 수 없었지만, 어쩐지 그가 헤어짐에 관해 말하고 있다고 느꼈다. 그때까지 나는 제대로 된 이별을 겪어본 적이 없었지만, 내가 상상할 수 없을 정도로 깊고 무거운 이별이 언젠가 오고야 말 것이라는, 기어이 닥치고야 말 것이라는 예감이 아프게 마음을 찔렀다.

"하지만 어떻게 해야 해?"

나의 막연한 질문에, 보아뱀은 모든 것을 알고 있다는 듯 지긋한 눈으로 나를 바라보며, 천천히 대답했다.

"지금은, 지금 이 순간만 생각해."

"정말로 아무것도 바뀌지 않아?"

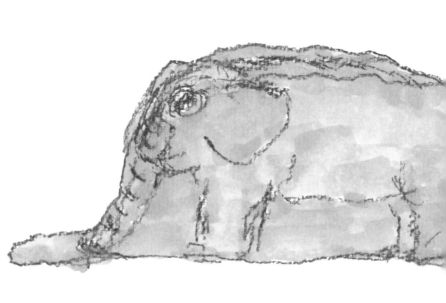

따끔하다고 느끼는 순간, 공주는 곁에 놓인 침대에 쓰러졌습니다. 그리고 깊은 잠에 빠졌습니다. 잠은 금세 온 성안으로 퍼져나갔습니다. 이제 막 궁전에 도착해 현관으로 들어서던 왕과 왕비도 잠이 들었습니다. 시종들도 모두 함께 잠들었습니다. 마구간의 말과 마당에 있던 개들, 지붕 위의 비둘기와 벽에 붙은 파리들도 잠이 들었습니다. 아궁이에서 타오르던 불도 조용히 잠들고, 지글거리던 고기도 그대로 멈추었습니다. 심부름꾼 아이를 꾸짖느라 머리칼을 잡아당기던 요리사는 손을 놓고 잠에 빠졌습니다. 성 앞의 나무들은 나뭇잎 하나 펄럭이지 않았습니다. 바람도 잠이 들었기 때문입니다.

_그림 형제, 『장미 공주』

그날 밤에는 잠을 제대로 잘 수가 없었다. 한 번 시작한 생각이 멈춰지질 않았다. 이불 안에서 꼼지락거리던 나는 결국 한밤중에 자리에서 일어나 『어린왕자』를 펼쳤다. 코끼리를 소화시키고 있는, 모자를 닮은 보아뱀을 한참 동안 바라보았지만, 다른 때와 달리 그는 얼른 나타나주질 않았다. 나는 이불을 뒤집어쓰고 보아뱀을 불러볼 작정이었다. 하지만 의외의 난관에 부딪쳤다.

'뭐라고 불러야 하지?'

오른손 엄지의 손톱을 깨물며 나는 고심에 빠졌다. 코끼리를 소화시키느라 꿈쩍도 하지 않았던 반년을 예외로 둔다면, 지금까지 보아뱀은 나를 기다리게 한 적이 없었다. 그는 언제나 『어린왕자』 안에서 기다리고 있다가, 내가 책을 펼치면 고개를 쓰윽 내밀며 뻐기듯 꼬리를 말아 올렸다. 그래서 그를 부를 일이 없었던 거다.

'보아뱀아? 그건 좀 건방진 것 같아. 나보다 몇 백 살쯤 많을지도 모르는데. 보아뱀 할아버지? 대뜸 할아버지라고 하면 기분 나빠할 수도 있어. 보아뱀 아저씨? 보아뱀 님? 아, 어쩌지.'

거기까지 생각이 미치자 여태까지 꼬박꼬박 잘도 반말을 지껄였구나 싶어 얼굴이 확 붉어졌지만, 그렇다고 새삼스럽게 존댓말을 하겠다는 마음이 들진 않았다. 마땅한 이름이 떠오르지 않아 고민을 거듭하던 나는 텔레파시 같은 걸로 그를 불러낼 수 있을까 하고 책 속의 그림을 뚫어져라 바라보며 나타나라, 나타나라, 속으로 되뇌었다. 하지만 아무 일도 일어나지 않았다. 어쩔 수 없다, 하고 나는 생각했다. 그래서 잔뜩 낮춘 목소리로 소곤거렸다.

"보아뱀…아…저씨? 거기 있어…요?"

그러고는 잠시 기다렸지만 역시 소용이 없었다. 아저씨라는 호칭이 마음에 안 드는 걸까, 깊은 잠이 들었을까, 나한테 뭔가 삐친 게 있을까, 난무하던 생각들은 마침내 무서운 걱정이 되어버렸다. 혹시 그는 영영 가버린 게 아닐까?

그즈음 들어 보아뱀은 기운이 없어 보였다. 그 까닭에 대해, 나는 조그만 머리로 갖가지 궁리와 추리를 거듭해보았다. 코끼리만큼 커다란 동물을 잡아먹는 보아뱀인데, 나를 만난 이후로 아무것도 먹지 못했다. 입에 넣은 것은 기껏해야 내가 내미는 과자나 사탕, 그리고 물이 전부였다. 그가 코끼리 한 마리를 먹은 게 반년하고도 두 달 전이었다. 그걸로 얼마나 버틸 수 있는지는 모르겠지만, 슬슬 뭔가를 먹고 싶을 때가 되었을 수도, 아니 먹어야 할 때가 지났을 수도 있다. 그러고 보니 언제부턴가 보아뱀은 음식에 관한 이야기를 하지 않았다. 그렇게 좋아하던 화제였는데. 아무리 그래도 인사조차 하지 않고 휙 떠나버리진 않았을 거라고 나 자신을 달랬지만, 그런 정도로 눈앞의 부재를 부정할 수는 없었다. 막연한 짐작은 시간이 흐를수록 점점 확신이 되어갔다. 나는 그만 울음보가 터지고 말았다.

"뭘 훌쩍거리고 있는 거야?"

손바닥으로 얼굴을 덮은 채 흑흑 흐느끼고 있던 나는 보아뱀이 불쑥 나타난 것을 보지 못했기 때문에, 기절할 듯이 놀랐다.

"내가 말했지. 애들이 우는 건 딱 질색이라고."

"뭐야! 놀랐잖아!"

부끄러운 나머지 괜히 화를 냈다.

"안 자고 뭘 하는 거야, 이런 시간에. 잠이나 깨우고."

보아뱀은 늘어지게 하품을 하고 눈을 깜빡거렸다.

"뱀은 야행성 아니었어?"

내 말에, 그의 작은 눈이 동그래졌다.

"호오, 어려운 말을 잘도 알고 있네. 야행성이 무슨 뜻인지는 알아?"

"당연하지. 낮에 자고 밤에 깨어 있는 거잖아."

그런 것쯤은 태어날 때부터 알고 있었다는 듯 뽐냈지만, 얼마 전 백과사전에서 읽었을 뿐이다. '보아뱀'에 관한 설명은 길지 않았지만, '주로 밤 또는 어스름 녘에 활동함'이라고 분명히 나와 있었다. '성질이 온순하다'는 설명도 있었는데, 나라면 '하지만 빼기는 걸 좋아한다'고 덧붙였을 것이다.

"원래는 그랬지. 난 밤눈이 밝으니까. 그런데 여기서 밤중에 눈에 불을 밝히고 다녀봐야 할 일도 없고, 너도 쿨쿨 자고 있고, 리듬이 바뀌었다고나 할까."

보아뱀은 왠지 한숨을 쉬고는 덧붙였다.

"그런데 꼬마야, 너는 이 시간에 왜 잠도 안 자고 일어나 설치는 거야?"

나는 왜 이 시간에 깨어 있는 거지, 생각하다가 나도 조그맣게 한숨을 쉬었다.

"무슨 고민거리라도 있는 거야? 그 쬐끄만 마음속에?"

딱히 다정한 목소리는 아니었지만 그렇다고 비웃는 것도 아니었다. 오히려 예기치 못했던 진지함이 보아뱀의 눈 안에 깃들어 있었다. 나를 걱정해주는 걸까, 싶어 어쩐지 목이 메었다.

"오늘 낮에 읽었던 이야기가 자꾸 생각나서."

나는 더듬더듬 이야기를 늘어놓았다. 그래서 죽을 때까지 행복하게 살았대, 하고 말을 끝내자 보아뱀이 대뜸 물었다.

"그 이야기의 어떤 부분 때문에 잠이 안 온다는 거야?"

"지금 잠이 들면 백 년 동안 깨어나지 못할 것 같아서."

말을 하고 나니 바보 같아서, 놀림 받을 각오를 하고 혀를 날름 내미는 것으로 선수를 쳤다. 하지만 보아뱀의 시선은 다른 곳을 향하고 있었기 때문에, 약간 김이 새버렸다.

"백 년이라."

그는 백 년이라는 세월을 음미라도 하듯 천천히 내뱉고 침묵에 빠졌다. 다시 잠이 든 게 아닐까 싶어진 내가 차가운 보아뱀의 몸을 찔러보려고 손가락을 막 내밀었을 때, 그가 입을 열었다.

"너한테 벅찰 만도 하네. 겨우 팔 년쯤 살았는데. 백 년은 무거울 테지."

그것 때문이었나, 나는 생각했지만 마음은 여전히 갸우뚱이었다.

"말하자면 너한테 백 년이란 영원과 같은 걸 테고, 그래서 백 년 동안 잠을 잔다는 건 죽는다는 것과 마찬가지겠지. 너는 죽음이 두려운 거야?"

나는 흐읍, 숨을 들이마시고 죽음, 하고 소리 내어 말해보았다. 그런 거였나, 생각했지만 여전히 석연치가 않았다.

"하지만 너 혼자 잠을 자는 게 아니라 온 세상이 다 잠들었다가 깨어나는 거라면, 괜찮을 것 같지 않아? 어차피 넌 아무것도 모를 텐데."

이상하게도, 보아뱀의 그 말이 따끔하게 아팠다. 장미 공주를 찌른 물레의 바늘에 콕, 찔린 기분이었다. 나는 여전히 몰라몰라, 하나도 모르겠어, 하는 표정으로 보아뱀을 바라보았다.

"어느 부분이 못마땅한 거야. 아니면 이해가 가지 않는 거야? 예를 들어 너는 매일 잠을 자고 아침이면 일어나지. 네가 잠이 들어 있는 사이에 백 년이 흘렀다거나, 그런 일도 있을 수 있겠지. 하지만 너와 함께 모든 것이 다 잠들었으니 아무도 그 사실을 알지 못하는 거고. 그 공주처럼 말이야."

그때였다. 내내 나를 괴롭히던 것이 무엇이었는지를 불현듯 깨달았다. 선명한 윤곽이 떠오른 건 아니었지만, 그 깨달음은 뿌연 덩어리로 어른거렸다. 적어도 형체가 생긴 것이다. 하지만 설명할 수가 없었다. 보아뱀은 재촉하지 않고 기다려주었다. 그래서 나는 뿌연 덩어리가 점차 하나의 생각으로 모아지는 것을 가만히 바라보았다. 생각은 말을 고르고, 말은 질문이 되어 입으로 흘러 나왔다.

"정말로 아무것도 바뀌지 않아?"

보아뱀은 약간 놀란 것처럼 보였지만, 느긋한 목소리로 부드럽게 말했다.

"뭐야, 꼬맹이인 주제에 그런 걸 생각하고 있었던 거야? 어쩌다가?"

'어쩌다가'를 어떻게 설명하면 좋을지 몰라서, 나는 손톱을 물어뜯었다. 그건 찰나의 기억이었다.

"두서가 없어도 좋으니까 떠오르는 대로 말을 해봐. 빛깔이나 냄새 같은 거."

그래서 나는 기억이 형성된 풍경을 떠올렸다. 보아뱀을 처음 만났던 외갓집이었다. 점심을 먹고 툇마루에 앉아 따끔따끔한 햇볕을 쬐고 있었다. 햇볕이 만드는 그림자, 그림자를 밟으며 기어다니는 벌레들, 나뭇잎을 흔드는 바람 같은 걸 보고 있었을 것이다. 어느 순간 스르르, 하고 몸이 부드럽게 무너지고 잠이 덮쳐

왔다. 날이 선 가위로 싹둑, 잘라낸 것처럼 의식이 끊어졌다. 눈을 떴을 때는 사방이 고요했다. 눈앞의 풍경은 그대로였지만 그림자도 벌레도 나뭇잎도 움직이지 않았고, 사람의 기척도 없었다. 나는 자꾸만 기어들어가는 목소리를 안간힘으로 끄집어내어 엄마를 부르고 외할머니를 불렀지만, 아무도 대답이 없었다. 세계는 완벽하게 정지해 있었다.

"그다음부터 난 낮잠을 안 잤어."

보아뱀은 꼬리를 뻗어 내 머리카락을 흐트러뜨렸다.

"무서웠어?"

"딱히 무서웠던 건 아니야. 잠시 후에 엄마랑 외할머니가 나타났고. 하지만 뭔가가 달라져 있었어. 잠이 들기 전과 잠에서 깨어난 후가. 잘 설명은 못하겠지만."

견고하던 벽에 세밀한 금이 가서, 그 틈이 벌어져 미묘하게 어긋난 느낌이었다. 단절된 그 시간 동안 어떤 일이 벌어졌는지 알 수 없다는 것은 어떤 일이든 벌어질 수 있다는 말이었다. 내 것인 줄 알았던 삶이 나의 눈을 가리고 귀를 막은 다음 다른 짓을 한 것 같았다. 그 후부터 자고 일어나면 뭔가가 달라져 있다는 걸 느낄 수 있었다. 그렇다고 잠을 안 잘 수는 없었지만, 최소한 낮잠은 자지 않았다.

"어제까지 다정했던 친구를 오늘 다시 만났는데, 문득 싸늘해

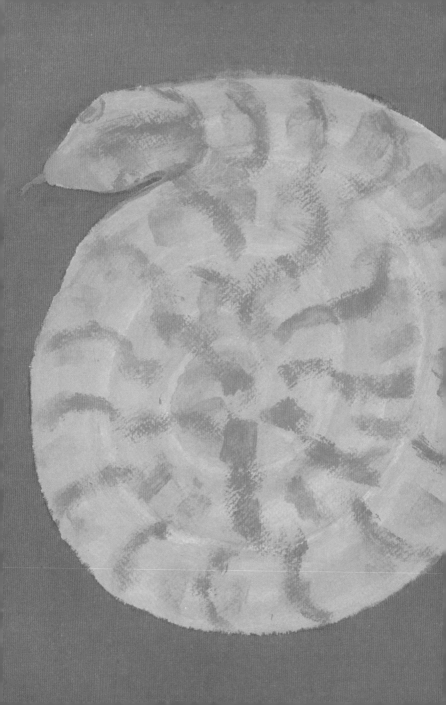

졌다거나."

내 말에, 보아뱀은 고개를 끄덕이며 말을 이었다.

"어제까지 무지하게 맛있었던 게 오늘은 별로라거나."

우리는 쿡쿡 웃고 나란히 하품을 했다.

"죽음은 삶을 가진 이들이 짊어지고 가야 할 저주일지도 몰라."

보아뱀이 말했다.

"그다음에 무엇이 있는지 모르니까 두렵고 무서운 거야. 그렇게 생각하면 잠은 축복이지. 그건 죽음의 미약한 체험이니까. 그런 식으로라도 익숙해지면 살아가면서 내내 죽음만 생각하며 두려워하지 않을 수 있을 거야. 삶은 그런 식으로 무수하게 단절되고 나눠지지만 그래도 본질적인 것은 변하지 않는다는 믿음도 생기겠지. 그러니까 너도 이제 그만 자도록 해."

나는 물어볼 것이 있는, 그러나 졸린 눈으로 보아뱀을 바라보았다.

"나는 아무 데도 안 갈 테니까. 내일 보자고."

그의 대답이 따뜻한 물처럼 온몸에 감겨오고 나는 곧 잠으로 빨려 들어갔다. 보아뱀의 은근한 핀잔이 잠의 파도 속으로 밀려 들어왔다.

"할아버지라니, 이래 봬도 난 아직 보아뱀의 세계에서는 팔팔한 청년이라고. 게다가 막강한 동안이란 말이다."

아홉 번째 이야기 · 장화 신은 고양이

"고양이는 왜 장화가 필요했을까?"

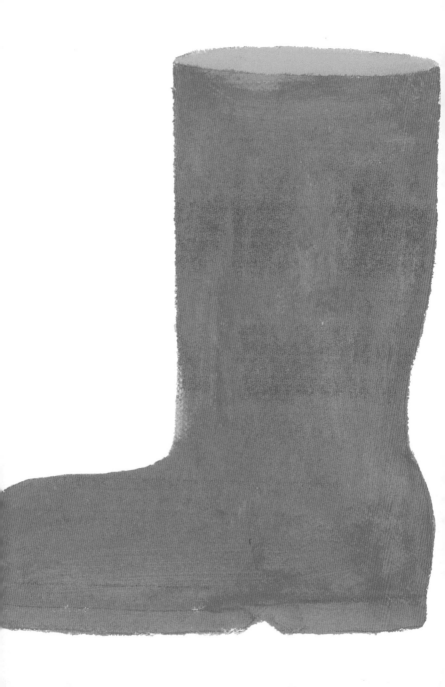

“난 제일 안 좋은 걸 받았어. 큰형은 곡식을 빻을 수 있고, 작은형은 나
귀를 타고 다닐 수 있는데. 난 고양이로 뭘 할 수 있지? 가죽을 벗겨서
장갑이나 한 켤레 만들면 끝나겠다.”

셋째가 투덜거렸습니다. 그 말을 다 알아들은 고양이가 말했습니다.

“제 말 좀 들어보세요. 겨우 장갑 때문에 절 죽일 것까진 없잖아요. 제게
장화 한 켤레만 만들어주세요. 그걸 신고 외출할 수 있게요. 제가 그런
모습으로 돌아다니면 곧 주인님께 도움될 일이 생길 거에요.”

_그림 형제, 『장화 신은 고양이』

하루 종일 비가 내린 날이었다. 학교에서 돌아온 나는 빨간 장
화를 벗어던지고 곧바로 내 방으로 들어가 『어린왕자』를 펼쳤다.
스스스스스, 보아뱀이 책갈피 사이로 빠져나오는 소리가 들리자
더 이상 참을 수가 없었다.

“봄장마야.”

그날 아침, 학교에서 선생님이 '봄장마'라는 말을 가르쳐주었다. 비가 많이 내리는 시기를 장마철이라 부른다는 것은 알고 있었지만, 봄장마라는 말은 처음 들었다. 보아뱀에게 잔뜩 아는 체를 하려고 나는 내내 그 단어를 입안에서 굴리고 있었다.

고개를 내민 보아뱀은 잠깐 어리둥절한 얼굴을 하다가 푸우우우우웃, 하고 웃음을 터뜨렸다.

"꼬마야, 너의 빨간 우비에서 물이 뚝뚝 떨어지는데, 빨리 벗지 않으면 엄마한테 혼나지 않겠어?"

"아, 맞다!"

빗방울이 송글송글 맺혀 있는 우비를 벗어들고 후다닥 뛰어나갔다. 우비가 흔들릴 때마다 풀잎 냄새 같은 것이 풍겨왔다.

"봄장마가 어쨌다는 거야?"

방으로 다시 돌아왔을 때, 보아뱀은 느긋하게 똬리를 틀고 창밖을 내다보고 있었다.

"예쁜 말인 거 같아서. 가르쳐주려고."

사실은 그런 말도 알고 있다고 자랑하려던 것이었다.

"그렇군. 그래도 꽃의 입장에서는 쓸쓸한 말이겠지. 비가 오면 떨어져야 하는 운명이니까."

그러고 보니 선생님도 쓸쓸한 얼굴을 하고 비가 오는 창밖을 한동안 내다보았다. 교과서를 꼬깃꼬깃 만지작거리던 아이들은 초롱초롱한 눈으로 그 응시를 살피다가, 선생님은 지금 수업을 할 마음이 없다는 것을 알아차렸다.

"선생님, 재미있는 이야기해주세요!"

한 아이가 입을 떼자 기다렸다는 듯이 모든 아이들이 병아리처럼 졸라댔다. 선생님, 선생님, 선생님. 선생님은 곤란한 표정을 지었지만 입가에는 미소가 어려 있었다.

"비도 여러 가지 이름을 갖고 있다는 걸 알고 있나요?"

그럴 때는 '선생님의 첫사랑 이야기'를 들려달라고 떼를 써야 한다는 것 정도는, 상급생들에게 배워서 알고 있었다. 하지만 눈으로 이성을 좇으며 마음속으로 두근거리기에는 아직 어린 나이들이었다. 우리는 호랑이가 말을 하고 작은 참새가 못된 악어를 물리치는 옛날이야기가 좋았다. 어린 시절의 선생님이 잘못을 저지르고 어른들에게 혼나는 이야기 같은 건 더 좋았다.

"보일 듯 말 듯 내리는 비부터 시작해서, 한 치 앞도 분간할 수 없을 만큼 세차게 내리는 비도 있잖아요? 비의 세기에 따라 붙인 이름들은,"

아이들의 기대는 아랑곳하지 않고 선생님은 칠판에 비의 이름들을 쓰기 시작했다.

"우선 안개비, 아주 가는 비예요. 안개비보다 조금 굵고 이슬비보다 조금 가는 비를 는개라고 해요. 그럼 는개 다음은 이슬비겠죠? 이슬비는 보슬비라고도 불러요."

이슬비 옆에 괄호를 치고 보슬비라고 쓴 다음, 선생님은 아이들을 바라보았다. 나는 하품을 하다가 선생님과 눈이 딱 마주쳐서 괜히 눈을 비볐다.

"물을 퍼붓듯이 세차게 내리는 비는 억수라고 해요. '억수로 나쁘다, 억수로 좋다', 그런 말 들어본 적 있어요?"

몇몇 아이들이 짝꿍과 눈을 맞추며 고개를 끄덕였다.

"억수처럼 눈물이 솟구친다, 그런 표현도 있어요. 세차게 내리는 비처럼 울고 있는 거지요. 더욱 굵은 빗발이 끝없이 내리는 것을 장대비라고 해요. 장대는 나무로 만든 긴 막대기니까, 빗줄기가 막대기만큼이나 굵다는 거죠. 그러면,"

선생님은 막대기를 상상하고 있는 우리를 바라보며 잠시 말을 멈추었다. 막대기 때문인지, 하품은 더 이상 나오지 않았다.

"계절에 따라 부르는 비의 이름에는 어떤 게 있을까요? 예를 들어 봄에 오는 비는?"

"봄비?"

정답이 이렇게 쉬울 리는 없는데, 하고 머뭇거리는 대답이 어디선가 흘러나왔다.

"맞았어요."

선생님이 활짝 웃었다.

"그럼 가을에 내리는 비는?"

"가을비!"

이번에는 아이들이 합창을 했다.

"밤에 내리는 비는?"

"밤비!"

"그래요. 그런데 이상하게도 낮비라는 말은 없어요. 왜 없는지는 선생님도 잘 모르겠는데, 여러분이 한번 생각해볼래요?"

그러고 선생님은 지금 내리는 비를 '봄장마'라 부른다고 알려주었다. 봄철에 오는 장마다. 제철이 지난 뒤에 오는 장마는 '늦장마', 초가을에 쏟아지다 개고, 개었다가 다시 내리는 비는 '건들장마'라고 부른단다.

"건들건들 내리는 거예요."

선생님의 말에, 아이들이 와아아 하고 웃었다.

"여러 날 동안 쉬지 않고 퍼붓는 장마는 그럼 뭐라고 할까요? 우리가 아까 배운 말이에요."

아이들은 열심히 칠판에 쓰인 단어들을 살폈다.

"억수장마?"

누군가의 자신 없는 대답에, 선생님은 박수를 치며 좋아했다.

"이외에도 비는 많은 이름을 갖고 있어요. 여우비, 소나기, 단비, 약비, 웃비, 먼지잼이나 개부심 같은 어려운 이름도 있고, 칠석물처럼 전설을 바탕으로 만들어진 이름도 있어요."

전설이라는 단어에 아이들이 반응했다. 이건 뭔가 옛날이야기 같은 거다.

"칠월 칠석은 견우와 직녀가 일 년에 한 번 만나는 날이에요. 그날 오는 비는, 두 사람이 흘리는 눈물이라고 해서 칠석물이라고 불러요."

갑자기 말똥말똥해진 아이들의 눈망울이 선생님을 이겼다. 결국 나머지 수업시간 동안, 선생님은 우리에게 견우와 직녀 이야기를 해주었다.

그날, 집으로 돌아오는 길은 하나도 심심하지 않았다. 나는 우산을 타고 흘러내리는 빗방울들을 하나하나 세어보았다. 그냥 비가 아니라 봄장마다. 오전까지는 억수비가 내렸는데, 지금은 이슬비다. 이슬비, 괄호 열고 보슬비, 괄호 닫고. 이름을 붙여주니 다정해진다. 그러고 보니 외할머니는 '비가 온다'고 하지 않고 '비가 오신다'고 말씀하셨다. 그래서 나는 봄장마 님, 이슬비로 오시는 봄장마 님, 하고 비의 이름을 부르며 걷다가, 보아뱀에게 얼른 알려주고 싶어 걸음을 재촉했다. 차박차박, 장화 아래로 빗방울들이 몸을 뒤척여 자리를 바꾸는 소리가 들렸다.

"아홉 살짜리 아이의 인생도 꽤나 바쁜 거군."

그날 저녁, 그림일기를 덮고 나서 조그맣게 한숨을 쉬는 나를 돌아보며 보아뱀이 말했다. 그렇다. 나는 다섯 달 전에 아홉 살이 되었고, 2학년으로 올라갔다. 설렁설렁 학교에 가서 팔랑팔랑 놀다 오는 꼬맹이가 아닌 것이다. 보아뱀은 꿈쩍도 않고 내내 창밖을 내다보고 있었다. 빗줄기를 죄다 셀 작정인가 싶었지만 나는 나름대로 바빴기 때문에 참견할 겨를이 없었다. 보아뱀에게 비 이야기를 한창 늘어놓은 다음 엄마와 같이 콩나물을 다듬었고, 숙제를 했고, 저녁을 먹었고, 이를 닦고 옷을 갈아입었고, 책상 앞에 앉아 그림일기 노트를 꺼냈다. 삐뚤빼뚤한 빗줄기를 주룩주룩 그린 다음 삐뚤빼뚤한 글씨로 봄장마에 대한 이야기를 썼다. '오늘의 날씨' 칸에도 잠깐 망설이다가 '하루 종일 비' 대신 '봄장마'라고 썼다. 그리고 나니 왠지 뿌듯해져서 만족스러운 한숨을 쉰 것이다. 내가 어른이었다면 '운치가 있군' 하고 생각했겠지만, 그때는 그런 단어를 몰랐다.

"그런데 있잖아,"

책상에서 등을 돌려 보아뱀을 향하자, 그도 창에서 등을 돌리고 나를 보았다.

"고양이는 왜 장화가 필요했을까?"

"장화 신은 고양이 이야기야? 글쎄, 보통의 고양이들은 장화 같은 건 신지 않으니까 그런 거 아니겠어?"

그게 뭔데, 하는 얼굴로 나는 고개를 갸웃거렸다.

"그 고양이는 보통 고양이가 아니었지. 남들한테도 보통으로 보이고 싶지 않았을 테니 뭔가 특별한 게 필요했을 거야. 이거 봐, 나는 고양이지만 장화를 신었어. 그러니까 보통이 아니라고. 그런 티를 내고 싶었던 거겠지."

나는 전날 밤 자기 전에 읽은 『장화 신은 고양이』 이야기를 떠올려보았다. 그때도 줄기차게 비가 내리고 있었고, 지붕을 두드리는 빗소리에 왠지 나른해져서 책장을 덮자마자 잠이 들었다. 그래서 보아뱀과 그 이야기를 나눌 시간이 없었다.

"고양이는 그 나라 왕을 위해 자고새를 잡아다 줬다고 했지? 곡식이 든 자루로 새들을 유인해서 말이야."

그랬다. 자고새들이 곡식을 쪼아 먹으려고 자루 안에 들어갔을 때 끈을 졸라매버렸다. 자고새 요리를 좋아하던 왕은 고양이에게 황금을 내주었고, 고양이는 그걸 주인에게, 그러니까 물레방앗간의 막내아들에게 가져갔다. 그리고 이렇게 말했다.

"이제 주인님께 돈은 충분하지만 이걸로 만족하면 안 돼요."

고양이는 주인에게 호수로 가서 물놀이를 하라고 이르고, 주인의 옷을 숨긴 다음 왕의 행차를 기다렸다. 왕이 공주와 함께 그날 호숫가로 간다는 정보는, 궁전 부엌에서 엿들었다. 왕이 나타나

자, 고양이는 물놀이하고 있던 백작의 옷을 누가 훔쳐갔다고 하소연했다. 백작은 고양이가 멋대로 막내아들에게 붙여준 직위였다. 자신에게 매일 맛있는 자고새를 가져다주는 고양이가 도움을 청하자, 왕은 막내아들을 마차에 태워주었다. 그가 젊고 잘생겼기 때문에 공주도 불만이 없었다.

고양이는 그들의 길을 앞질러가서 다음 조치를 취했다. 초원에서 건초를 만들고 있던 사람들, 밀밭에서 곡식을 걷고 있던 사람들, 숲에서 나무를 베고 있던 사람들은 '이 땅이 누구의 것이냐고 왕이 물어보면, 백작의 것이라고 하라. 그렇지 않으면 맞아 죽을 것이다'라는 협박을 받았다. 그 협박이 통한 이유는, 그 고양이가 '장화 신은 고양이'였기 때문이다. 사람들은 그런 고양이를 한 번도 본 적이 없었다. 고양이가 왜 장화를 신고 있는지 이해할 수도 없었다. 처음 보는 것, 이해할 수 없는 것은 사람들에게 두려움을 준다. 그리고 두려움은 권력이 된다.

사람들에게 거짓말을 시켜놓고, 고양이는 초원과 밀밭과 숲의 실제 소유주인 마법사의 성을 찾아가 그를 만났다. '당신은 위대한 마법사여서 모든 동물로 변신할 수 있다는 소리를 들었다. 직접 내 눈으로 보고 싶다'며 고양이가 자극하자, 마법사는 그 코를 납작하게 해주고 싶다는 욕심과 허영심으로 불타올랐다. 마법사는 코끼리로, 또 사자로 변신했다. 그러자 고양이는 '그렇게 큰

동물은 가능하지만, 쥐처럼 작은 동물은 아무래도 힘들겠지요'
하고 나긋하게 말했다. 크하하 자신만만한 웃음을 터뜨리며 쥐로
변한 마법사를 고양이가 잡아먹은 후에, 왕과 공주와 막내아들을
태운 마차가 마법사의 성에 도착했다. 당연히 고양이는 '우리 주
인님의 성'이라고 하며 그들을 맞이했다. '공주는 백작과 결혼하
기로 약속했습니다. 왕이 죽은 후 백작은 왕의 자리에 올랐고, 고
양이는 총리대신이 되었습니다'로 이야기는 끝이 난다.

"그 이야기가 마음에 안 드나보네?"

내 입매가 삐쭉빼쭉한 것을 보며, 보아뱀이 말했다.

"별로야. 처음부터 끝까지 거짓말만 늘어놓는데, 다들 속아 넘
어가고."

"만약에 말이야,"

보아뱀이 재미있다는 듯 싱글거리며 물었다.

"네가 이 이야기 안에 있었다면 어떻게 했을 것 같아? 장화 신
은 고양이가 꾀를 내어 이리저리 움직일 때, 그러니까 그 초원이
나 숲에 만약 네가 있었다면?"

그런 생각은 해보지 않았기 때문에 나는 눈을 동그랗게 떴다.
무슨 말인가 하려고 입을 벌리고 있었지만 금방 생각이 떠오르지
않아 그대로 얼음이 되어버렸다.

"넌 분명히 앙큼한 질문을 했을 거야."

보아뱀은 엉큼한 미소를 지었다.

"왜 그런 거짓말을 해야 하느냐는 둥, 거짓말은 나쁜 짓인데 왜 맞아 죽는 거냐는 둥, 그런데 고양이 주제에 왜 장화를 신고 있느냐는 둥."

어쩌면 그랬을 것이다. 아이란 그런 거다. 그러니까 고양이가 지나간 초원이나 숲에 아마도 아이는 없었을 것이다. 어른들은 질문하지 않는다. 질문을 하면, 자신의 멍청함을 들킬 거라고 생각한다. 멍청하게 보이면 손해니까 그건 안 될 일이라고. 장화 신은 고양이의 계획이 성공한 것은, 이해할 수 없는 일에 대해 누구도 질문하지 않았기 때문이다.

"난 있잖아,"

보아뱀의 말을 곰곰이 더듬으며 내가 말했다.

"그 마법사가 마음에 걸려. 사람들을 괴롭히는 나쁜 마법사였을까? 책에는 그런 이야기는 안 나와. 만약 그랬다면 고양이가 꾀를 내서 마법사를 처치하는 걸 수도 있잖아. 마법사가 부려먹는 사람들도 행복해졌을 테고."

"설사 그랬다 해도, 고양이한테는 그런 의도가 없었어. 고양이는 정의나 도덕의 가치관으로 움직인 게 아니야. 사람들이 마법사의 손에서 벗어난다고 해서 행복해진다는 보장도 없고. 어쩌면 사정이 더 나빠질 수도 있지. 고양이는 사람들의 행복 같은 데는

134

관심이 없었어. 그렇다면 주인을 위해 그런 일들을 한 걸까?"

보아뱀은 나의 대답을 기다렸다.

"자기를 죽여 장갑을 만들 생각부터 했던 사람을 좋아했을 리가 없잖아."

"바로 그거야. 마지막에 고양이는 그 나라의 총리대신이 되었지. 고양이 신분으로 왕은 될 수 없지만, 고양이로서는 최고의 권력을 잡은 거야. 어떻게 보면 막내아들은 이용을 당한 것일 수도 있지. 하지만 막내아들도 권력과 명예에 대한 욕망을 가지고 있었어. 아버지한테 방앗간을 물려받은 큰형과 나귀를 물려받은 둘째형을 부러워하며 자신의 처지를 한탄했잖아. 막내아들의 가치관은 그런 거였어. 고양이도 마찬가지고. 그러니까 끼리끼리 만난 거지. 서로의 이익이 맞았던 거야."

"그럼 백작에다 부자라는 이유로 막내아들을 인정한 왕도, 젊고 잘생기고 돈도 많다는 이유로 그 남자랑 결혼한 공주도, 다 끼리끼리인 거겠네? 왜 그런 사람들끼리 뭉쳐서 잘되고 마는 거야?"

보아뱀은 끝이 보이지 않는 강물처럼 긴 한숨을 내쉬었다.

"그러게 말이야. 세상이 왜 그 지경인지. 옛날에도 그랬고, 지금도 별다를 게 없지. 그러니까,"

보아뱀은 말을 멈추고 한동안 내 눈을 가만히 바라보았다.

"너는 항상 질문을 해야 해. 어른이 되어서도 말이야. 질문을 하는 건, 절대로 창피한 게 아니야. 제대로 된 질문은 대답보다 힘이 세니까."

그나저나 비가 끈질기게도 오시네, 보아뱀은 혼잣말을 하며 창밖으로 눈길을 돌렸다. 어라, 보아뱀도 비가 오신다고 표현하는구나. 나는 조금 놀라고 기뻐서 히히, 웃고 백과사전을 펼쳤다. 선생님이 어렵다고 했던 비의 이름들을 찾아볼 작정이었다. 어째서 밤비란 말은 있고 낮비란 말은 없는 건지, 비는 왜 그렇게 많은 이름을 가지고 있는 건지, 나는 어떻게 자라 누구와 끼리끼리가 되어 어느 마음에 무슨 이름의 비로 내릴 건지, 어린 마음의 질문들이 빗방울처럼 떨어지고 있었다.

"어른들은 더 이상 자라지 않잖아?"

"대체 누가 우리를 도와주는 거지? 오늘 밤은 자지 말고 지켜볼까?"
구두장이의 말에 아내는 고개를 끄덕이며 불을 껐습니다. 부부는 방구
석에 걸린 옷가지 뒤에 몸을 숨겼습니다. 자정이 되자 귀여운 난쟁이 요
정들이 벌거벗은 채 나타났습니다. 요정들은 작업대 앞에 앉더니 구두
장이가 잘라놓은 가죽을 들고는 재빠른 동작으로 찌르고 꿰매고 두드
리기 시작했습니다. 그 작은 손가락으로요! 구두장이 부부는 놀라서 눈
을 떼지 못했습니다. 일을 마칠 때까지 조금도 쉬지 않던 요정들은 구두
가 완성되자 작업대에 나란히 올려놓고는 순식간에 사라졌습니다.
_그림 형제, 『난쟁이 요정』

발밑에서 자박자박 어둠이 밟히는 소리가 났다. 어둠이 소리를
낼 리가 없잖아. 내 마음이 목소리를 냈다. 마음도 소리를 낼 리
가 없는데. 또 다른 내 마음이 말했다. 뭐가 뭔지 모르겠지만 땀
이 날 정도로 더운 건 확실했다. 한여름의 더위처럼 후덥지근한

건 아니었다. 축축하고 뜨거운 수건 같은 것이 피부에 달라붙어서 화끈거리고 따끔거리는 느낌. 그러다가 어느 순간 수건을 확 걷어낸 듯 날카로운 한기가 찾아왔다. 그래서인지 그런 와중인지 몹시 목이 말랐지만 마실 수 있는 물 같은 건 어디에도 보이지 않았다. 낙심한 채, 나는 잠에서 깨어났다.

어둠을 밟으며 걸어가는 꿈을 꾸었구나, 하는 자각이 잠시 후에 들었다. 머리맡을 더듬었지만 언제나 그 자리에 놓여 있던 물컵이 잡히지 않았다. 어쩔 수 없이 냉장고까지 가기로 작정하고 몸을 일으키는데 휘청, 현기증이 일었다. 그 사이에도 갈증은 점점 더해져서, 더듬더듬 벽을 짚고 일어섰다. 겨우 냉장고로 가서 문을 열었는데 물병이 보이지 않았다. 또다시 훅 하고 열기가 덮쳤기 때문에 냉장고에서 나오는 바람을 맞으며 잠시 서 있었다. 그러자 이번에는 오한이 났다. 냉장고 문을 닫았더니 갑자기 깜깜해졌다. 내가 불을 켜지 않았던가. 그런데 왜 물병이 없는 거지. 목 안쪽이 바짝바짝 타들어가서 기분이 몹시 나빴다. 엄마를 깨워야 할까. 아무래도 그게 좋겠어. 뭔가 이상해. 그런 생각을 하며 몇 걸음을 걷는데 또다시 소리가 났다. 어둠이 자박자박 밟히는 소리.

"그러니까 그것도 꿈이었다는 거야?"

보아뱀은 누워 있는 나를 물끄러미 내려다보고 있었다. 세모꼴

눈이 조금 처져 있었다. 걱정을 하고 있는 건가, 이젠 괜찮은데, 하고 나는 눈을 깜박였다.

"모르겠어. 밤중에 화장실을 가려던 엄마가, 끙끙대는 소리 같은 게 들려서 들여다보니까, 열을 펄펄 내면서 뒤척이고 있더래."

깜짝 놀란 엄마가 나를 일으켜 안고 보리차와 해열제를 먹인 다음 이마에 차가운 물수건을 올려주는 사이, 나는 열에 들떠 알아들을 수 없는 소리를 웅얼거렸다고 한다. 아침에 일어났을 때 열은 씻은 듯이 내려가 있었지만, 엄마는 혹시 모르니 학교를 하루 쉬는 게 좋겠다고 했다. 그래서 하루 종일 이불 속에서 뒹굴고 있는 중이었다. 아닌 게 아니라 불길에 스친 것처럼 피부가 따끔거리기도 하고 목 안쪽이 얼얼하기도 했다.

"일종의 화상이야."

보아뱀은 들릴 듯 말 듯 중얼거리며 꼬리를 뻗어 내 이마를 짚었다. 서늘한 기운이 이마를 타고 내려와 심장이 초롱초롱해지는 기분이었다.

"그런데 그건 뭐였을까."

마음속 어디에선가 스위치가 반짝 켜지고 하나의 영상이 떠오른 건 그때였다.

"그거?"

꼬리로 내 이마를 쓰다듬던 보아뱀이 목을 꼬았다.

"나, 뭔가 이상한 걸 봤어."

냉장고 안에 물병이 없는 것을 확인하고 엄마를 깨우러 갈 때, 발밑에서 어둠이 자박자박 소리를 낼 때, 부엌 한구석에 조그마한 것들이 웅크리고 앉아 있는 모습이다.

"하지만 그것도 결국 꿈일 가능성이 높잖아."

보아뱀은 끙, 하는 소리를 내며 머리를 바닥에 붙이고 나와 눈 높이를 맞추었다.

"어쩌면 꿈이 아니었을지도 몰라. 엄마한테 물어봤는데, 냉장고 안에 물병이 없었대. 저녁에 물을 끓였기 때문에 식히려고 식탁 위에 올려두었대."

"그러니까 냉장고 문을 닫은 다음에 뭔가를 봤다, 하지만 그 다음 기억은 없다, 정신이 들었을 때는 아침이었고 이불 안에 얌전히 누워 있었다, 라는 거군."

"열이 많이 나서 그랬을 수도 있잖아."

처음에는 나도 반신반의였지만 말을 하다 보니 점점 확신이 생겼다.

"엄마가 약을 먹여준 것도 잘 기억이 안 나는걸. 그러니까 엄마를 깨워야지, 하고 그대로 내 방으로 와서 쓰러졌을 수도 있어. 냉장고 안에 물병이 없었다는 게 증거야."

이만하면 야무지게 신빙성을 제시한 것 같아서 나는 자랑스러운 얼굴로 보아뱀을 바라보았다.

"머리맡의 물컵은?"

아무렇지도 않게, 보아뱀이 반격을 가했다. 아침에 일어나보니, 물컵은 늘 있던 그 자리에 얌전히 있었다. 잠깐 말문이 막혔지만 포기하고 싶진 않았다.

"그것도 열 때문이야. 대충 더듬거리다가 손에 안 잡히니까 없다고 생각한 거야. 그리고 내 방에서 냉장고까지 갔던 기억은 꿈이라기에는 너무 생생한걸."

"그런데 어둠이 밟히는 소리를 들었다? 그리고 구석에 조그마한 것들이 웅크리고 있었다?"

흠, 하고 보아뱀은 생각에 잠겼다. 말도 안 되는 소리야, 하고 잘라버리진 않았다. 그렇게 따지자면, 보아뱀과 이렇게 주절주절 이야기를 하고 있는 게 더 말이 안 된다.

"난쟁이 요정들인가."

보아뱀이 혼잣말을 툭 뱉어냈다.

"난쟁이 요정들?"

"며칠 전에 같이 읽었잖아. 구둣방에 무슨 요정들이 나타났다고 하지 않았어?"

아아, 그러고 보니, 그런 이야기가 있었지. 나는 고개를 끄덕였다. '난쟁이 요정'에 대한 이야기는 세 가지였다. 그리 길지도

않았고 딱히 인상적이지도 않아서, 읽고 나서도 별생각이 없었다. 그래도 구둣방에 나타나는 첫 번째 이야기의 요정은 기억에 남아 있었다.

"그 요정들, 매일 밤마다 나타나서 구두를 만들었지. 네가 본 요정들도 뭔가를 만들고 있었던 거야?"

그렇지 않다는 의미로 고개를 흔들며 이야기 속의 요정들을 떠올려보았다. 구둣방의 주인은 가난한 사람이었다. '자신의 잘못은 아니었지만 갈수록 가난해졌습니다'라고 서두에 나와 있었다. 그 말이 묘하게 울렁거렸다. 작은 조각배가 파도에 흔들리는 것처럼, 등장인물들이 흔들거렸다. 조각배가 흔들리는 것은 타고 있는 사람의 잘못이 아니다. 바람이 부는 것도, 파도가 치는 것도 어쩔 수 없는 일이다. 인생에는 그런 일들이 일어난다는 것을 그때는 몰랐지만, 모르는 채로 막연하게 받아들이고 있었던, 그런 현실들 중 하나였다.

"너무 어두워서 제대로 볼 수가 없었어. 하지만 뭔가 일을 하고 있는 것 같진 않았어. 그냥 모여서 웅성거리는 것 같은 느낌."

구둣방에 요정들이 찾아온 것은, 점점 가난해진 주인에게 구두 한 켤레를 만들 수 있는 가죽만 남았을 때였다. 주인은 가죽을 마름질해놓고 집으로 돌아가 기도를 올린 다음 잠자리에 들었다. 다음 날 아침 구둣방에 나와 구두 만들 준비를 하는데, 테이블 위에 완성된 구두 한 켤레가 놓여 있었다. 깜짝 놀랄 만큼 훌륭한 솜씨였다. 구두는 비싼 값에 팔렸고, 구둣방 주인은 그 돈으로 두 켤레를 만들 수 있는 가죽을 샀다.

"그 다음 날에는 네 켤레, 그 다음 날에는 여덟 켤레, 그 다음 날에는, 그러니까,"

학교에서 배운 구구단을 암기하느라 나는 잠깐 말을 멈추었다.

"팔이는 십육, 열여섯 켤레를. 그런 식으로 구두가 점점 많아져서 주인은 부자가 되었다고 했어."

"알고 보니 난쟁이 요정들이 만든 것이었다?"

보아뱀은 흐뭇해 보였다. 흐뭇한 이야기긴 해, 하고 생각하는 이유는 다른 데 있었다.

"이제 손가락으로 꼽아보지 않아도 그 정도 계산은 하게 되었군. 애들은 참 금방 크네."

나는 몸을 뒤척이는 척하며 얼굴에 떠오른 미소를 숨겼다. 드러내고 자랑하는 건 크고 있는 아이가 할 짓이 아니라는 생각이 들었기 때문이다. 하지만 조금 뻐기는 목소리가 되어버렸다.

"크리스마스가 얼마 남지 않았을 때, 구둣방 주인은 아내와 둘이 몰래 숨어서, 누가 자기들을 도와주는지 지켜보기로 했대. 밤 열두 시가 되니까 난쟁이 요정들이 몰려와서 열심히 구두를 만들어 작업대에 올려놓고는 잽싸게 가버렸대. 그런데 요정들은 죄다 벌거숭이어서 아내가 걱정을 했대. 날씨도 추운데 얼어 죽지는 않을까 하고."

그래서 두 사람은 요정들에게 크리스마스 선물을 주기로 했다. 아내는 셔츠와 조끼와 재킷과 바지를 만들고, 구둣방 주인은 조그마한 구두를 만들었다. 그날 밤, 구둣방으로 돌아온 요정들은 뜻밖의 선물을 보고 깜짝 놀라며 기뻐했다. 옷을 입고 구두를 신은 다음 신이 나서 노래를 부르고 춤까지 추었다. "우린 이제 말끔하고 세련된 신사가 되었어! 그런데 무엇 때문에 구두장이 노릇을 하겠어!" 하면서. 내가 만난 요정들은 구두도 만들지 않았고 노래를 부르거나 춤을 추지도 않았지만.

"그런데 있지,"

궁금한 게 있어, 라고 하기 전에 보아뱀은 이미 고개를 숙이고 나를 들여다보고 있었다. 당연히 있겠지, 없을 리가 없지, 라고 그가 추임새를 넣기 전에 잽싸게 말을 이었다.

"그 요정들, 그다음부터 나타나지 않았잖아. 지어준 옷을 입고 구두를 신고, 그대로 가버렸어. 구둣방 주인은 친절을 베풀었는데, 결과적으로는 안 좋아진 거잖아? 만약 그 주인이 나쁜 사람이어서 요정들을 계속 부려먹을 마음을 먹었다면…."

"그랬더라면 주인은 언제까지나 팡팡 놀면서 떼돈을 벌었을 거다?"

보아뱀의 말에, 나는 고개를 끄덕였다.

"그럼 이렇게 한번 생각해보자. 주인이 나쁜 사람은 아니지만 일의 결과를 미리 알고 있었다고 말이야. 요정들이 가버릴 걸 알면서도 옷과 구두를 지어주었을까? 아니면 얼어 죽을지 모른다고 생각하면서도 요정들을 잡아두려고 보고만 있었을까?"

어려운 질문이었다. 요정들이 떠나버리는 것도 싫지만 그렇다고 얼어 죽게 내버려둘 수는 없다. 나도 모르게 하아, 하고 한숨이 흘러나왔다.

"뭔가를 하는 것보다 아무것도 하지 않는 게 더 힘들 수도 있구나."

맥락을 잃어버린 채, 무심코 중얼거렸다. 말을 해놓고, 내 입에서 왜 그런 소리가 나왔나 하고 어리둥절해졌다.

"애들은 크려고 아픈 거라더니."

보아뱀도 맥락과 어울리지 않는 소리를 했다.

"크려고 아파?"

그는 고개를 들고 허공을 향해 대답했다.

"애들은 끊임없이 성장을 하니까. 손가락이 길어지고 근육이 붙고 키가 크고. 그래서 몸살을 앓는다는 거야. 한 번씩 아프고 나면 쑥 자라버려. 어른도 비슷하지."

"하지만 어른들은 더 이상 자라지 않잖아?"

나는 콩처럼 동그랗게 몸을 말고 이불을 뒤집어썼다. 콩깍지에 들어가 있는 것처럼 아늑한 기분이었다.

"키가 아니라 다른 게 자라지. 어딘가를 앓고 나면, 누군가를 조금 이해하게 된다거나. 뭐 다 그런 건 아니지만."

흐음, 잘 모르겠는데, 생각하며 눈을 감았다. 전날 잠을 설쳤기 때문인지 졸음이 몰려왔다.

"있잖아, 내가 잠을 자고 있는 사이에도 세상은 부지런하게 움직이는 거지?"

말끝에 하품이 묻어났다.

"세상에 일어나는 일들 중 대부분은 우리가 모르는 사이에 진행돼. 그런 걸 운명이라고 부르지."

운명, 하고 나는 속으로 되뇌어보았다. 묵직하고 울림이 있는 단어였다.

"어느 날 불쑥 요정들이 찾아왔는데 어느 날 불쑥 떠나고, 계절이 바뀌고 자리가 바뀌고, 있던 것이 사라지고 온기가 식고, 조금씩 그러나 착실하게 변해가는 거야. 우리가 할 수 있는 건 그저 지켜보거나, 벌거숭이 요정들을 위해 옷과 구두를 만들어주는 것 정도겠지. 어떻게 해도 때가 되면 요정들은 떠날 테고, 남은 이들은 또 어떻게든 삶을 지속해야 해. 그렇게 살아가다가 문득 뒤돌아보았을 때 네 삶은 어느 쪽일까. 아무것도 하지 않았던 삶일까,

누군가를 위해 옷과 구두를 지어준 삶일까."

그리고 나는, 하고 보아뱀은 낮은 목소리로 덧붙였다.

이제부터 보아뱀은 날렵한 꼬리를 움직여 나의 내일을 지어놓을 거야, 나도 그를 위해 뭔가를 해주고 싶어, 하지만 아직은 아냐, 조금만, 조금만 더 보아뱀을 붙잡아놓고 싶어, 생각하며 나는 꿈으로 빨려 들어갔다.

"어째서 남의 물건을 탐내는 거야?"

첫 번째 난쟁이가 말했습니다.

"누가 내 의자에 앉았어?"

두 번째 난쟁이가 말했습니다.

"누가 내 접시로 먹었어?"

세 번째 난쟁이가 말했습니다.

"누가 내 빵을 뜯어 먹었어?"

네 번째 난쟁이가 말했습니다.

"누가 내 채소를 먹었어?"

다섯 번째 난쟁이가 말했습니다.

"누가 내 포크를 썼어?"

여섯 번째 난쟁이가 말했습니다.

"누가 내 칼을 썼어?"

일곱 번째 난쟁이가 말했습니다.

"누가 내 잔으로 마셨어?"

_ 그림 형제, 『백설공주와 일곱 난쟁이』

아홉 살짜리에게는 과분할 정도로 근사한 필통을 처음 학교에 가지고 간 날이었다. 엄마가 모처럼 큰맘을 먹고 사준 것이었다. 그 시절에 흔했던 플라스틱이 아니라 말랑말랑한 재질로 만들어진, 자석단추까지 달린 필통이었다. 반질반질한 겉면에는 일곱 난쟁이에 둘러싸인 백설공주가 우아하고 행복한 얼굴로 방글방글 웃고 있는 그림이 그려져 있어서 하루 종일 들여다보아도 질리지 않을 것 같았다. 하지만 나는 그 필통을 하루 종일 들여다보지 못했다. 반나절 만에 잃어버렸기 때문이다. 그런데도 필통의 생김새가 어이없을 정도로 선명하게 기억에 남아 있다. 그걸 갖게 된 게 어지간히 좋았고 그래서 잃어버린 게 어지간히 분했던 모양이다.

　사실 여러 가지 정황으로 살펴볼 때, 잃어버렸다는 말보다 도난을 당했다는 말이 정확하다. 4교시가 끝날 때까지도 필통은 책상 한쪽에 얌전히 놓여 있었다. 수업을 마치는 종이 울리고, 반장의 구령에 맞추어 차렷, 경례를 하고, 선생님이 칠판에 적어준 숙제와 준비물을 노트에 베껴 쓰고, 그다음에 가방을 쌌다. 아이들은 웅성웅성 떠들어대며 교실을 빠져나갔고, 나를 비롯한 청소당번들은 책상과 의자를 우르르 밀어놓고 빗자루로 쓴다 걸레로 닦는다 하며 청소 비슷한 걸 했다. 여자아이들이 손걸레로 책상을 닦고 줄을 맞추는 동안, 남자아이들은 대걸레를 어설프게 휘두르며 뛰어다니는, 여느 때와 다름없는 풍경이었다.

세면장에서 손걸레를 빨고 돌아왔을 때 청소는 끝나 있었고, 아이들은 삼삼오오 교실을 빠져나가는 중이었다. 집에 갈 준비를 마치고 나를 기다리고 있는 짝꿍을 세워놓고 가방을 열어보았다. 딱히 불길한 예감이 들어서가 아니라 반짝반짝 빛나는 새 필통을 한 번 더 보고 싶었기 때문이었다. 그런데 가방 안에 반짝이는 것은 없었다. 교과서와 노트를 다 꺼내고 밑바닥까지 뒤집어보아도, 거기 있어야 할 필통은 없었다.

짝꿍은 눈을 동그랗게 뜨고 입을 벌린 채 나와 가방을 번갈아 바라보며 어쩔 줄을 몰라 했다. 어떡해, 어떡해. 어디다 떨어뜨린 거 아냐? 아홉 살짜리 아이들의 조그만 머리로 우선 할 수 있는 짐작은 그 정도였다. 교실을 샅샅이 뒤졌지만 필통 비슷한 것도 나오지 않았다. 혹시 바닥에 떨어졌는데 누가 휴지통에 버린 건 아닐까? 필통을, 그것도 반짝거리는 새 필통을 휴지통에 버릴 이유는 없겠지만, 생각하면서도 나는 그렇게 말해보았다. 짝꿍은 고개를 살래살래 흔들었다. 휴지통, 반장이랑 내가 비웠어. 소각 장에 가서 둘이 거꾸로 들고 흔들었기 때문에 필통 같은 게 있었다면 금세 알았을 거야.

나는 의자에 주저앉아 멍하니 칠판을 바라보았다. 뭘 어떻게 해야 좋을지 알 수가 없었다. 하지만 새 필통을 잃어버렸을 때는 이렇게 저렇게 해야 한다는 지침 같은 게 칠판에 쓰어 있을 리는 없다. 먼저 가. 나는 짝꿍에게 그렇게 말했다. 너는? 기어들어가는 목소리로 짝꿍이 물었다. 난, 조금만 있다가 갈게. 괜찮으니까, 어서 가. 엄마가 걱정하시잖아. 내가 천사처럼 착한 아이여서가 아니라, 둘이 울상을 짓고 머리를 맞대고 있어봤자 문제가 해결되진 않을 것 같아 단호해진 거였다. 게다가 집으로 돌아가기 전에 마음을 가라앉힐 필요가 있었다. 상황을 파악하고 이해해야 한다. 잠깐 내 것이었던 물건이 영영 사라졌다는 사실을 받아들여야 한다. 그래야 엄마한테도 울먹이거나 횡설수설하지 않고 얘기할 수 있을 것이다.

쭈뼛거리는 짝꿍의 등을 떠밀어 보낸 다음 손바닥으로 턱을 괴고 고민에 잠겨 있을 때, 선생님이 불쑥 들어오신 건 예상 밖의 일이었다. 퇴근하기 전에 교실을 한 바퀴 둘러보러 왔다가 오도카니 박혀 있는 나를 발견한 선생님도 나만큼 깜짝 놀랐다. 어쩔 수 없이 사정을 이야기하는데, 말을 하다 보니 서러움이 밀려와 눈물이 터졌다. 상황을 받아들이느니 어쩌니 해도 기껏해야 어른스러운 척하는 꼬맹이였다. 흑흑거리며 종알대는 동안, 선생님은 손수건으로 뺨을 닦아주며 울음이 그치기를 기다렸다. 마지막 흐느낌이 잦아들자 선생님은 내 손을 잡고 일으켜 세웠다. 집에 가야지. 선생님이 바래다줄게.

교문을 나와 학교 앞 문방구를 지나서 왼쪽으로 꺾어진 골목으로 접어들어 집 앞에 도착할 때까지, 선생님의 손에 매달려 걸었다. 선생님도 나도 말로 하진 않았지만, 필통을 찾을 수 없을 거라는 암묵적인 동의가 있었다. 딱히 새 필통을 꺼내어 자랑을 한 기억은 없는데, 나는 생각했다. 그래도 몇몇 아이들이 관심을 보였고 몇몇 아이들이 만지작거렸다. 필통이 너무 반짝거렸기 때문이다. 그 반짝거림에 이끌려 누군가 손을 뻗었다. 그래서는 안 되지만, 그런 짓을 해버렸다. 그 아이의 마음은 기뻤을까. 편했을까. 족했을까. 그런 생각을 하게 된 건 꽤 긴 시간이 지난 후였다.

"꼬마야, 너 눈이 빨개. 꼭 놀란 토끼 같네."

그림일기를 쓰고 있는 내 등 뒤로 스르르 다가와 코앞으로 머리를 불쑥 내밀고 보아뱀이 말했다.

"너, 울었지?"

나는 마지못해 고개를 까딱하고 시선을 피했다.

"선생님이 미인이시던데."

뭐야, 엄마와 선생님이 이야기하는 걸 죄다 듣고 있었잖아. 나는 입을 삐쭉거리며 그림일기 노트를 소리 나게 탁 덮었다.

"왜 혼자 토라지는 거야?"

보아뱀의 잘못이 아니다. 창피하니까 토라지는 거다. 그렇게 제대로 된 생각을 할 만큼 자라지 않아서 그런 거였다. 그러나 싫은 티를 팍팍 내며 삐쳐 있는 것이 어딘지 부당하다는 기분은 있었다.

"친구가 좋은 물건을 갖고 있으면 아무래도 부럽다는 생각이 들겠지. 백화점 같은 데서 본 거랑 또 다를 거야. 지나치게 가까이 있다고 할까, 그래서 자기가 가진 것과 극명하게 비교가 된다고 할까."

보아뱀이 느긋한 어조로 말했다.

"그렇다고 슬쩍 가져가버리는 건 나쁜 짓이잖아. 어차피 학교에 들고 다니지도 못할 텐데."

어쩐지 기운이 빠져 내 목소리도 처져버렸다.

"순간적인 충동으로 저지른 일일 테니 그런 생각까진 못했을 거야. 지금쯤에야 그런 생각이 들었을 테고. 그러니까 내일이라도 네 손으로 돌아올 가능성이 아주 없지는 않아."

누군가 무엇을 잃어버렸다는 이야기가 선생님 귀에까지 들어갈 때가 있다. 그러면 선생님은 아이들을 자리에 앉게 한 다음 조용히 얘기한다. 모두 눈을 꼭 감아요. 가져간 사람은 살짝 손을 들어주세요. 아무한테도 얘기하지 않고 선생님만 알고 있을게요. 그러고는 기다린다. 하지만 그런 식으로 문제가 해결된 적은 한 번도 없다. 내가 범인이라고 해도 그런 상황에서 손을 번쩍 들 수는 없을 것이다. 몰래 눈을 뜨고 훔쳐보는 아이도 있을 테고, 어차피 선생님한테 불려갈 테니 금세 소문이 퍼진다. 왜 그런 짓을 했을까 후회스러워도 잘못을 바로잡을 용기는 내지 못한다. 아무도 모르면 아무 일도 없었던 거라고 믿는다. 그것이 두고두고 마음의 짐이 되리라고는 예상하지 못한다. 생각이 짧은 것이다.

"그랬으면 좋겠지만 아마도 그런 일은 없을 거야. 난 이미 포기했어."

제법 어른스러운 소리를 하자 보아뱀은 꼬리로 내 머리카락을 흐트러뜨렸다. 필통 따위로 행복해지진 않아, 라고도 하고 싶었지만 그걸 잃어버리기 전까지 행복하긴 했다. 그런 생각을 하니까 새삼스럽게 분통이 터졌다.

"어째서 남의 물건을 탐내는 사람들이 있는 거야?"

"왕비가 거울을 들여다보며 거울아, 거울아, 이 세상에서 누가 가장 아름답니? 하고 묻는 것과 같은 거지."

그건 또 무슨 엉뚱한 소린가 하고 나는 눈을 동그랗게 떴다.

"애초에 그런 거울이 없었다면, 눈엣가시였던 백설공주는 죽었다고 생각하고 왕비는 제멋에 겨워 살지 않았겠어? 거울을 볼 때마다 나는 정말 아름답구나 어쩌고 하면서. 백설공주도 일곱 난쟁이들과 그럭저럭 소박하게 살아갔을 테고."

흠, 하고 나는 팔짱을 꼈다. 그러자 키가 한 뼘쯤 커진 것 같았다.

"거울한테 대답을 들어버렸으니까 어쩔 수 없었다는 거야? 남의 물건이지만 갖고 싶은 마음이 들어버렸으니까?"

"그런 거지."

"그런데 있잖아,"

나는 금세 백설공주 이야기에 마음이 팔렸다.

"거울도 대충 기분을 맞춰줬으면 좋았을 텐데. 어쩔 수 없는 걸까? 애초에 진실만 말하는 거울이라서?"

내 말에, 보아뱀은 고개를 모로 꼬았다.

"진실이라. 과연 그럴까."

그의 말에, 내 머리도 갸우뚱 기울어졌다.

"왕비는 거울한테 이 나라에서 가장 예쁜 사람이 누구냐고 물었지. 거울은 늘 '왕비님이 가장 예쁩니다'라고 대답했지만 백설공주가 일곱 살이 되자 '가장 예쁜 사람은 백설공주'라고 했어. 그렇지?"

"응."

거짓말을 안 하는 신기한 거울, 이라고 책에 나와 있었다.

"그렇다면 거울은 어떤 기준으로 미를 측정한 거지? 전에도 한 얘기 같지만, 애초에 미를 측정할 수 있는 기준이라는 게 있나?"

측정. 그 단어를 입속으로 굴려보다가 책꽂이에 꽂혀 있는 국어사전을 펼쳐보았다. 의미를 알 것 같긴 했지만 아홉 살짜리가

쓰는 단어는 아니다.

'1. 일정한 양을 기준으로 하여 같은 종류의 다른 양의 크기를 잼. 2. 헤아려 결정함.'

국어사전에는 그렇게 나와 있었다.

"그러니까 측정이라는 걸 하려면 기준이라는 게 있어야 하는 거야?"

마음속 생각이 입 밖으로 나왔다. 보아뱀은 고개를 끄덕였다.

"누가 누구보다 예쁘다거나, 누가 누구보다 멋지다거나, 누가 누구보다 똑똑하다거나, 친구들끼리 그런 이야기를 하지 않아?"

"하지만 받아쓰기 같은 걸 하면 금세 알게 되는걸. 반에서 누가 제일 똑똑한지 같은 건."

보아뱀은 책상에 머리를 대고 물끄러미 나를 바라보았다.

"그건 그냥 받아쓰기를 잘하는 거지. 안 그래?"

그런가. 그런 거였나. 나는 연필 끝을 잘근잘근 물어뜯으며 책상 한쪽에 놓인 자그마한 거울을 들여다보았다.

"그래도 그런 거울을 갖고 있다면 내내 신경이 쓰일 것 같아. 그래봤자 소용이 없다는 걸 알면서도 자꾸 물어보게 될 거 같아."

내 말에 보아뱀은 흥, 콧소리를 냈다.

"다들 이미 갖고 있지."

"그런 거울을? 그런 거울이 어디 있어?"

그렇지 않아도 가느다란 눈을 더욱 가늘게 뜨고, 보아뱀은 흐느적거리며 말했다.

"집집마다 하나씩 있지. 제일 좋은 자리에 놔두고 매일 그걸 들여다보는 거야. 저이는 나보다 예쁘구나, 저이는 나보다 날씬하구나, 저이는 나보다 부자구나, 하면서."

반짝, 하고 머릿속에 전구가 켜졌다.

"텔레비전!"

퀴즈를 맞힌 아이처럼 의기양양하게 내가 소리쳤다.

"바로 그거야. 그러고는 거기서 나오는 이야기를 곧이곧대로 믿어버리지. 저건 거짓말을 안 하니까, 하면서."

생각해보면 거울 때문에 왕비도 꽤나 고생을 했다. 방물장수 할멈으로 분장하여 허리끈과 빗 따위를 잔뜩 짊어지고 두 번이나 산길을 올라갔다. 그래도 공주가 죽지 않자 농사짓는 아낙네로 꾸미고 반쪽에만 독이 든 사과까지 만들어서 또 찾아갔다. 그런 고생을 하는 시간에 온갖 사치를 부리며 왕궁에서 팡팡 놀 수도 있었을 텐데.

"난 텔레비전 잘 안 봐."

대뜸 뻐기는 말투가 되어버렸다.

"그런데 백설공주가 처음 일곱 난쟁이 집에 갔을 때 있잖아."

내가 갑자기 화제를 바꾸었는데도 보아뱀은 그럴 줄 알았다는 표정으로 가만히 다음 말을 기다렸다.

"식탁에 저녁식사가 다 차려져 있었고 침대도 깨끗하게 정리되어 있었잖아. 그래서 공주는 일곱 개의 접시에서 음식을 조금씩 덜어 먹고 침대에 누워 자고 있었잖아."

"그랬지."

"일곱 난쟁이들은 공주의 이야기를 듣고 나서, 우리 집 살림을 맡아 식사준비도 하고 침대도 정리하고 청소도 하면 그곳에서 살게 해주겠다고 했잖아."

"그랬지."

"그럼 처음 공주가 찾아갔던 날에는 누가 식사를 준비하고 침대를 정리해둔 거야?"

처음부터 내내 마음에 걸려 있던 문제였다. 보아뱀은 으음, 하는 소리를 내며 둥글게 몸을 말았다.

"꼬마야,"

왠지 졸린 듯한 목소리로 보아뱀이 말했다.

"그건 정말로 어려운 문제구나. 네 생각은 어때?"

나는 눈을 반짝이며 대답했다.

"분명히 난쟁이들이 돌아가면서 당번을 했을 거야. 난쟁이들은 일곱 명이고 요일도 일곱 개잖아? 공주가 만약 수요일에 왔다면 수요일 당번이 집을 지키고 있었을걸. 죄다 일을 나갔다면 식사준비가 되어 있을 리 없잖아."

흐음, 하고 보아뱀은 반쯤 잠이 들어버렸다. 하지만 나는 하나
도 졸리지 않았다. 이야기를 만든 사람은 왜 그런 생각을 못했을
까. 나라면 이렇게 했을 텐데, 나라면 저렇게 했을 텐데, 그런 상
상을 하느라 머릿속이 부산하고 즐거웠다. 이야기를 만든다는 건
하나의 세계를 창조하는 것, 조금 전까지 존재하지 않았던 무엇
을 태어나게 하는 것, 마음에 생기가 돌고 혈관에 새로운 피가 흐
르는 것임을 나는 조금씩 알아가고 있었다.

"푸른색이 왜 기분 나쁘다는 거야?"

왕이 떠나자 소녀는 문들을 열어보기 시작했습니다. 하나씩 열 때마다 금은보화와 재물이 가득했습니다. 온 세상의 멋진 물건들은 다 모아놓은 것 같았습니다. 이제 소녀의 손에는 금지된 방을 여는 황금 열쇠만 남게 되었습니다. 금지된 방에는 가장 귀중한 것이 들어 있을 거란 생각이 들자 미치도록 궁금해졌습니다. 그 방에 무엇이 있는지만 안다면 다른 방들은 모두 없어도 좋을 것 같았습니다. 소녀는 참고 또 참았지만, 결국은 욕망에 지고 말았습니다. 소녀는 자신에게 말했습니다.
"문을 열어본다고 누가 알겠어. 아주 잠깐 들여다보기만 하는 건데."
_그림 형제, 『푸른 수염』

버르토크의 오페라 〈푸른 수염의 성〉 이야기를 처음 들었던 날, 나는 공교롭게도 푸른색 원피스를 입고 있었다.

"수염이 푸른색이어서 사람들이 싫어했다는 거, 난 잘 이해가 안 돼요. 좀 이상하긴 하지만, 푸른색은 예쁜 색이잖아요? 그런데 왜 기분이 나쁘고 섬뜩하다고 했을까요?"

그 사람과 나는 문과대학으로 올라가는 언덕배기에 웅장하게 자리를 잡고 있는 플라타너스 나무 그늘 아래 서 있었다. 언젠가 그곳에서 영화를 찍은 적이 있다고 들었다. 한 여대생이 하얀 손수건을 떨어뜨리고 지나가던 남학생이 운명처럼 그것을 주워 건네주는 장면이었다. 그 여대생은 그날 그곳에 서 있던 나처럼 파릇파릇한 신입생이었다. 하지만 내 가방에 손수건 같은 건 없었다. 있다 해도 그런 걸로 사랑에 빠지고 어쩌고 하는 스토리는 이미 낯간지러울 만큼 오래된 것이었다.

강의가 끝나고 언덕을 내려오던 길에 그 사람을 만났다. 나의 보폭을 흐트러뜨리지 않은 채로, 〈이제 모든 걸 알겠어요, 푸른 수염〉이라는 노래를 들어본 적 있느냐고 그 사람이 대뜸 물었다. 내가 고개를 흔들자 그 사람은 오페라 〈푸른 수염의 성〉에 나오는 노래라고 알려주었다. 오페라는 몰랐지만 『푸른 수염』이라는 동화는 나도 알고 있었다. 기억의 스위치가 찰칵, 켜지고 시간의 강이 역류했다. 얼마나 지났을까. 눈을 깜박이자 햇살의 그림자가 어른거렸다. 문득 내가 걸음을 멈추고 그 자리에 서 있다는 것을 깨닫자 한숨이 스르르 흘러나왔다. 그 사람은 별말도 없이 플라타너스 나뭇잎들이 바람에 조금씩 흔들리는 것을 보고 있었다. 왜 갑자기 멈추어 섰냐고 묻지는 않았다. 나를 배려하여 일부러

무심하게 굴었는지도 모른다. 그 때문이었을까. 나는 갑자기 마음이 놓여 질문을 던졌다. 언젠가 한 적이 있는 그 질문을.

"푸른색은 예쁜 색이잖아? 그런데 왜 기분이 나쁘다는 거야?"

우리는 놀이터에 나와 있었다. 나는 벤치에 앉아 무릎 위에 스케치북을 펼쳐놓고 크레용으로 나무를 그리는 중이었다. 보아뱀은 미끄럼틀 옆에 있는 은행나무 위로 올라가 온몸으로 가지를 감싸 안고 기분이 좋은 듯 구르르르릉구르르르릉 소리를 내고 있었다.

"수염은 푸른색이 아니니까."

보아뱀은 그렇게 말하고 내가 '왜?' 공격을 하기 전에 잽싸게 덧붙였다.

"물론 너로서는 납득이 안 되는 대답이겠지만."

어쩔 수 없이 나는 질문을 하기 위해 벌렸던 입을 앙다물고 생각에 잠겼다. 푸른색 수염이라는 건 원래 없다, 그런데 푸른 수염은 푸른색 수염을 기르고 있다, 그래서 사람들은 기분 나빠했다. 이러한 전제를 받아들이지 않으면 진도를 나갈 수가 없는 이야기긴 해, 하고 현실, 아니 동화와 약간의 타협을 하느라.

푸른 수염은 훌륭한 성과 수많은 하인을 가진, 수염이 푸른색이라는 걸 빼고는 흠잡을 데가 없는 왕이었다. 그런 왕이 이웃나라 공주가 아니라 소박하고 평범한 소녀에게 청혼을 한 게 수상쩍기는 하지만, 사람마다 취향이라는 게 있으니까 왈가왈부할 문제는 아니다. 그렇게 데려간 소녀를 육체적으로든 정신적으로든 구박한 것도 아니었다. 소녀에게는 불평할 일도 없었고 부족한 것도 없었다. 어느 날 왕이 여행을 떠나며, 집 안의 모든 열쇠를 넘기기 전까지는.

"어디든 열어봐도 좋다. 다만, 이 작은 황금 열쇠로 여는 방만은 절대 안 된다. 만약 열어보는 날에는 목숨을 잃을 테니까."

내 생각을 읽기라도 한 듯, 보아뱀이 연극적으로 왕의 대사를 읊고는 나를 그윽하게 바라보았다. 이제 네가 질문할 차례잖아, 라는 보아뱀의 생각을 나도 읽었다.

"그러니까 열어보면 안 되는 방의 황금 열쇠를 주기는 왜 준 거냐고."

그리고 열지 말라는 방을 왜 열었느냐고, 하는 생각이 뒤를 이었지만 입 밖으로 내진 않았다. 책에 나와 있는 '욕망'은 잘 몰라도 '호기심'에 대해서는 나도 알 만큼 알았다. 모르는 것을 알고 싶어 하는 마음이 호기심이다. 어리면 어릴수록 모르는 게 많을 테니 나이와 호기심은 반비례한다고 말할 수도 있을 것이다.

하지만, 하고 나는 생각의 꼬리를 물었다. 호기심이란 조금만 아는 상태, 다시 말해 대체로 알지만 모르는 것이 있는 상태에서 생기는 것은 아닐까? 이를테면 푸른 수염이 방의 열쇠를 내주기 전에, 그러니까 소녀가 방의 존재를 몰랐을 때는 호기심도 욕망도 존재하지 않았다. 그렇다면 모르는 것이 엄청나게 많은 아기일 때보다 세상에 대해 약간씩 알게 되는 성장기에 호기심이 강해지는 것일지도 모른다. 나이를 한 축에, 호기심을 다른 한 축에 놓고 그래프를 그린다면 어느 선까지 쭉쭉 올라갔다가 도로 내려오는 곡선이 될 것이다. 마치 코끼리를 삼킨 보아뱀 그림의 외곽선처럼. 물론 반비례니 그래프니 하며 머릿속에 곡선을 그려본 것은 나중의 일이다. 그때는 그런 것들이 세상에 존재한다는 사실을 몰랐기 때문에 어렴풋이 그런 생각을 더듬었을 뿐이다. 당연히 말로 설명할 수도 없었고, 설명할 엄두도 내지 않았다.

나는 복잡해진 생각에서 벗어나기 위해 푸른색 크레용으로 나뭇잎을 마구 칠했다. 가지와 가지 사이에서 보아뱀의 꼬리가 불쑥불쑥 나타났다 사라졌다.

"수염은 푸른색이어서는 안 되니까. 그런 건 존재하지 않아야 하니까. 존재하지 않아야 하는 것이 존재하니까. 불길한 거지."

푸른 수염이 왜 기분 나쁘냐는 내 질문에, 그 사람은 그렇게 대답했다. 그러고는 플라타너스 나무 아래 놓인 벤치에 앉아버렸다. 옆에 앉으라는 말도, 먼저 가라는 말도 하지 않아서 나는 엉

거주춤 서 있었다. 두 팔로 끌어안고 있던 전공서적들이 갑자기 무겁게 느껴졌다.

"버르토크의 오페라는 이야기의 시작부터 원작과 꽤 달라. 푸른 수염이 여자를 데려오는 게 아니라 여자가 먼저 푸른 수염의 성으로 찾아오는 거지. 프리마돈나의 이름은 유디트인데,"

그 사람은 말을 끊고 나를 물끄러미 올려다보더니 눈으로 자신의 옆자리를 가리켰다. 내 입에서 다시 한숨이 흘러나왔다. 그것이 안도의 한숨이라는 것을 들키지 않기 위해 급히 자리에 앉는데, 기운이 빠진 두 팔에서 책들이 후드득 떨어졌다. 그 사람은 침착하게 책들을 주워 놀랍게도 자신의 무릎 위에 올려놓았다. 나는 얼굴이 빨개진 채 허둥지둥, 비어버린 두 손을 모아 잡았다.

"그 전까지는 가족들과 함께 행복하게 살던 여자였어."

아무 일도 없었다는 듯, 그가 말을 이었다.

"왜 내게로 온 것이냐, 하고 푸른 수염이 물었지. 그러자 유디트는 이렇게 대답해. 당신을 사랑하기 때문에, 이 슬픔의 성에서 눈물을 말리고 얼음을 녹이기 위해."

세상의 잔인한 곡절을 겪지 않고 평온하게 살아온 어린 여자들이 흔히 하는 실수라고, 위험하고 외로운 영혼을 사랑으로 구원할 수 있다는 순진한 믿음이라고, 지금이라면 얘기했을 것이다.

하지만 그때는 나 역시 세상을 모르는 순진한 스무 살이었다. 내가 할 수 있었던 건, 더욱 빨개진 얼굴을 감추기 위해 고개를 숙이는 것뿐이었다.

"그리고 유디트는 잠긴 문들을 열어달라고 부탁해. 은폐된 진실과 어두운 거짓말을 가두어놓은 과거를 알려달라고. 모든 걸 사랑의 이름으로 용서하고 이겨낼 수 있다고."

그의 목소리에 얼핏 웃음기가 섞인 것 같아 나는 고개를 들었다. 그러나 그의 옆얼굴은 고요하고 단아했다.

"원작에서는,"

내 목소리는 왜 이렇게 기어들어가나. 나는 흠, 헛기침을 하고 나서 말을 이었다.

"소녀가 혼자 문을 하나씩 열어보죠. 절대로 열어서는 안 된다고 한 문까지. 결국 들켜버리고 말지만."

"원작에서는,"

조금도 흔들리지 않는 목소리로 그가 말했다.

"열지 말라고 한 그 문을 제일 마지막에 열었지?"

'문이 열리자 피가 강물처럼 흘러나왔고, 벽에는 여자들의 시체가 걸려 있는 것이 보였습니다.' 어릴 때 읽은 동화 속에는 그렇게 나와 있었다. 그 무시무시한 구절을 기억에서 길어 올리며 나는 고개를 끄덕였다.

"오페라에서는, 첫 번째 방을 열자마자 피로 물든 고문도구들이 나오지. 두 번째 방에는 무기들이, 세 번째 방에는 보석들이 쌓여 있고. 네 번째 문을 열면 꽃들이 피어 있는 비밀의 화원이 나타나는데 그 위로 피의 그림자가 어른거리도록 연출을 해. 다섯 번째 문을 열면 쏟아지는 빛과 푸르고 광활한 숲이야. 그 숲에서 푸른 수염은 '빛나는 내 성을 보라'고 노래하는 거야."

하지만 유디트는 눈앞의 풍경에 마음을 빼앗기는 대신 여섯 번째 문을 열었다. 그 문 뒤에는 눈물의 강이 흐르고 있었다. 마지막 일곱 번째 문 앞에서 푸른 수염은 애원한다. 이제 충분하지 않느냐고, 더 이상 헤집지 말고 그대로 놓아두자고. 하지만 유디트에게는 충분하지 않았다. '이전의 여자들에게는 저 문을 열어주지 않았나' 하고 유디트는 항의했다. 그 여자들보다 자신을 덜 사랑하는 거냐고 따졌다. 문 뒤에 무엇이 있는가에 대한 호기심이 아니라, 질투 때문이었다. 욕망이여, 입을 열어라, 그 속에서 사랑을 발견하겠다던 시인 김수영은 틀렸다. 욕망을 떨쳐내는 유일한 방법은 욕망에 굴복하는 것이라던 오스카 와일드가 맞았다.

"일곱 번째 문 뒤에는 무엇이 있었어요?"

여섯 번째 문을 열었을 때 흘러들어온 눈물의 강에 발목이 찰랑찰랑 잠긴 기분이었다. 웬일인지 그도 찰랑찰랑한 침묵 안에 잠겨버렸다. 물가에 선 나무가 가지 끝의 꽃망울을 터뜨리듯 안

간힘을 끌어모아 던진 질문이었다. 하지만 질문에 대한 대답은 돌아오지 않았다. 그 대신, 그는 고개를 돌려 나를 바라보며 다른 말을 했다.

"너, 혹시, 내 이야기가 궁금한 거냐?"

그의 입가에 나지막한 미소가 매달려 있었다. 더듬거리는, 아찔한, 막막한, 두려운, 매끄러운, 촉촉한… 또렷하지는 않지만 그래서 더욱 힘이 센 수식어들이 총체적으로 밀어닥쳤다. 그 미소는 그가 내 마음속에 멋대로 던져놓은 손수건이었다.

"푸른 수염은,"

보아뱀은 꼬리로 나뭇잎을 흔들어대며 느릿느릿 몸을 비틀고 있었다.

"복종을 원했던 거야. 하라면 하고 하지 말라면 하지 않는 게 아내여야 한다고 생각했겠지. 자신의 말을 거역하는 아내는 필요 없다, 죽여버리고 새로 데려오면 그만이다, 라는 거야. 그런데 꼬마야, 너는 이 이야기가 무섭지 않아? 연쇄살인범한테 납치되고 감금당해서 죽을 위기에 놓인 소녀 이야기인데. 강물처럼 피가 흘렀다는 둥, 여자의 시체가 걸려 있었다는 둥."

무서웠다. 죽을 만큼 무서웠다. 무엇보다 당장 그날 밤이 걱정이었다. 무서운 꿈을 꿀 확률은 구십구 퍼센트였다. 일 년쯤 전이었다면, 베개를 끌어안고 엄마, 아빠 방으로 갔을 것이다. 하지만 나한테는 믿는 구석이 생겼다. 악몽을 물리쳐줄 나의 믿는 구석을 바라보며 나는 두 손으로 허리를 짚고 어흠, 큰소리를 냈다.

"하지만 소녀한테는 오빠들이 있었는걸. 그것도 셋이나."

위기에 몰린 소녀가 "사랑하는 오빠들! 저를 도와주세요!"라고 소리치자 오빠들은 바람처럼 달려와 푸른 수염을 칼로 베어버렸다. 소녀한테 세 오빠가 있었다면 나한테는 보아뱀이 있었다. 나도 그렇게 하면 된다. 그런데 도와주세요, 라고 하기 전에 어떻게 불러야 하지? 호칭의 문제가 또다시 발목을 잡았다. 보아뱀 아저씨? 보아뱀 님? 보아뱀아? 게다가 그 앞에 '사랑하는'이라는 수식어를 붙여야만 하는 걸까?

고민에 잠긴 나를 빤히 들여다보던 보아뱀은 다 알고 있다는 듯 흐흐흐흐흣, 하고 웃었다.

"열어보면 안 되는 문의 열쇠를 언젠가 너도 받게 되겠지. 그럼 넌 어떻게 할까?"

보아뱀이 말했다. 궁금하군, 엄청나게 궁금해, 쯔르르르쯧, 하며 혀까지 찼다. 그러면서 고개를 외로 꼬는 모습이 어쩐지 쓸쓸해 보였다.

"그때 내가 어떻게 하는지는 그때 알게 되겠지. 어차피 미주알 고주알 참견할 거면서."

나도 모르게 톡 쏘아붙인 건 마음이 문득 저릿저릿해졌기 때문이었다.

　자신의 이야기를 듣고 싶은 거냐고 그 사람이 물었을 때, 나는 보아뱀이 이야기한 '언젠가'가 바로 지금이라는 것을 깨달았다. 내 손에 열어보면 안 되는 문의 열쇠가 쥐어졌다. 하지만 미주알 고주알 참견할 보아뱀은 내 곁에 없었다. 그래서 나는 몹시 암담한 심정이 되었다. 그 사람의 미소를 받아들 수도 없었고 물리칠 수도 없었다. 그 사람이 떨어뜨린 손수건을 집을 수도 없었고 모른 척할 수도 없었다. 그렇게 망설이고 있는 사이에 그 사람은 천천히 미소를 거두고 자신의 무릎 위에 있던 나의 책들을 벤치에 내려놓은 다음, 자리에서 일어났다.

　"저기, 잠깐만요,"

　다급하게 그 사람을 불러 세우고 나는 마른침을 꼴깍 삼켰다.

　"푸른 수염은 어째서, 열어보면 안 되는 문의 황금 열쇠를 준 걸까요?"

　내가 같은 질문을 보아뱀에게 했을 때, 코끼리를 한입에 삼키는 무지막지한 그 동물은, 푸른 수염이 복종을 원했기 때문이라고 대답했다. 하지만 그 사람이 이야기한 것은 버르토크의 푸른 수염이었다. 뭔가 다른 게 있을 거야, 있어야 해. 나의 무의식과

자존심과 기대가 동시에 소리쳤다.

그 사람은 두 팔을 늘어뜨린 채 자신의 그림자를 내려다보았다. 한 그루 나무처럼 그렇게 서서, 한동안 말이 없었다. 나는 인내했다. 입을 꼭 다물고, 시선을 돌리지 않고, 두 손을 무릎 위에서 단정하게 맞잡은 채로.

"푸른 수염은 아마,"

그 사람은 마지못해 입을 열었다.

"보여주고 싶었을 거야."

미처 말릴 사이도 없이, 그 사람은 등을 돌리고 휘적휘적 걸어갔다. 어디선가 바람이 불어와 나뭇잎들이 손수건처럼 팔랑거렸고, 나뭇잎의 그림자가 그 사람의 긴 그림자 위에 물결무늬를 만들었다.

그날 저녁, 도서관에서 책들을 뒤져 버르토크의 〈푸른 수염의 성〉을 찾아냈다. 유디트가 연 일곱 번째 문 안에는 세 여자가 있었다. 푸른 수염을 찾아왔던, 마지막 일곱 번째 문을 열었던, 그래서 '영원한 아침', '영원한 낮', '영원한 저녁'이 되어버린 여자들이었다. 유디트는 '영원한 밤'이 되기 위해 그곳으로 걸어 들어가고, 밤의 장막과 같은 막이 내려간다. 유디트가 모든 것을 알게 되고 푸른 수염이 모든 것을 보여준 순간, 이야기는 끝이 난다. 그녀를 구하기 위해 달려오는 오빠들은 없다. 모든 것을 수용하고 구원하는 사랑도 없다. 어쩌면 유디트는 그럼에도 불구하고 푸른 수염을 용서하고 사랑할 수 있었을지도 모른다. 하지만 푸른 수염은 스스로를 용서하고 사랑할 수 없었다. 그래서 자신을 용서하고 사랑하는 여인을, 봉인된 기억 속에 가두어놓을 수밖에 없었다.

'『푸른 수염』은 여자들의 호기심을 차단하고 복종하는 삶의 방식을 강요하기 위한 루이 14세 시대의 교훈'이라는 주석이 그 책에 달려 있었다. 여성의 무지가 미덕이던 시대였다. 하지만 남자들은 동화의 해피엔딩이 마음에 들지 않았다. 그래서 결말을 뜯어고쳐 마지막 아내도 죽게 만들었고, 자크 오펜바흐, 폴 뒤카, 벨러 버르토크가 이 이야기로 오페라를 만들었다. 버르토크는 그 당시, 한 바이올리니스트와 비극적인 사랑에 빠져 있었다는 설명도 덧붙어 있었다. 그 사랑은 왜 비극이었을까. 어떤 벽과 어떤 절망이 두 사람 사이에 가로놓여 있었을까. 책을 팔랑팔랑 넘겨보았지만 그 이유는 찾을 수 없었다.

그만두자. 탁, 소리 나게 책을 덮고 나는 자리에서 일어섰다. 어차피 다른 사람들의 이야기다. 그들도 이미 오래전에 죽었을 것이다. 그러니 동화나 오페라 속에 나오는 사람들과 다를 것도 없다. 실제로 일어났던 일, 일어나지 않았던 일의 경계는 세월 속에 허물어졌다. 하지만 나는 개운하고 기운차게 일상으로 돌아갈 수가 없었다. 그런 일들은 세월을 초월하여 되풀이되기 때문이다.

사랑하니까 모든 것을 보여달라는 여자가 있고, 사랑하니까 아무것도 알려고 하지 말라는 남자가 있다. 남자에게는 영원히 감추고 싶은 비밀이 있다. 그것을 털어놓고 싶은 충동도 있다. 그렇다면? 덮어놓거나 부딪치거나, 둘 중 하나다. 부딪친다면? 죽거나 죽이거나, 둘 중 하나다. 나는 죽고 싶지 않았고, 누구를 죽이고 싶지도 않았다.

그날 밤, 나는 푸른 원피스를 차곡차곡 개어 서랍 깊이 넣었다. 마음 밑바닥에 떨어져 있던 손수건은 손대지 않고 내버려두기로 했다. 시간이 지나면 그 위에 먼지가 쌓일 테고, 세월이 두툼하게 내려앉을 것이다. 잠자리에 들었을 때, 푸른 수염 때문에 악몽을 꾸는 건 아닐까, 하는 생각이 문득 떠올랐고 그러다가 어릴 적 그 밤을 기억해냈다.

"저기, 부탁이 있는데,"

유난히 진한 푸른색으로 나뭇잎을 칠했던 그날 밤, 이불 속에서 토끼 인형을 만지작거리던 내가 머뭇거리며 입을 열자 보아뱀은 알 만하다는 듯 머리를 절레절레 흔들었다.

"그런 이야기인 줄 알았다면 못 읽게 하는 건데. 이미 읽어버린 걸 어떡하겠어. 오늘밤은 내가 특별히 감시해줄 테니 마음 놓고 자도록 해."

"만약에 무서운 꿈을 꾸면 어떻게 해줄 건데?"

벌써 마음이 놓인 나는 반쯤 눈을 감은 채로, 우물우물 다짐을
놓았다.

"그 꿈을 먹어버리지."

보아뱀이 대답했다.

"난 지금 배가 좀 고프거든."

"사람들은 왜 거짓말을 하는 거야?"

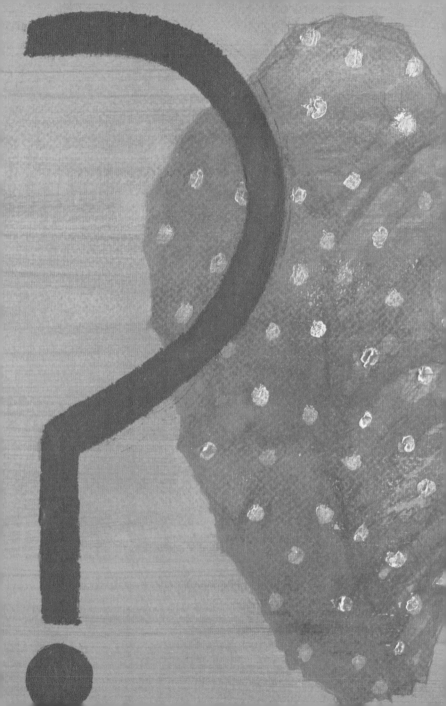

왕이 공주에게 말했습니다.

"애야, 왜 그리 슬퍼하는 거냐? 필요한 게 있다면 말해보렴."

공주가 대답했습니다.

"아버님, 저랑 똑같이 생긴 소녀 열한 명이 있으면 좋겠어요."

왕은 방방곡곡에 사람을 풀어, 얼굴도 키도 몸매도 공주와 똑같은 소녀 열한 명을 찾아냈습니다. 공주는 똑같은 사냥복 열두 벌을 만들게 하여 소녀들에게 입히고, 자신도 그것을 입었습니다.

_ 그림 형제, 『열두 명의 사냥꾼』

"왜애애?"

책을 읽던 내가 '왜' 뒤에 꼬리를 매달아 허공으로 던지자 발치에서 꾸벅꾸벅 졸고 있던 보아뱀이 흠칫 깨어났다.

"꼬마야, 또 무슨 일이야? 왜냐니, 나는 왜 태어났는가라는 근원적인 질문인 거야?"

그렇게까지 근원적인 질문을 하기에는 아직 어렸던 나는 머리를 절레절레 흔들며 손가락으로 책을 톡톡 쳤다. 그러자 보아뱀은 스르르 곁으로 다가와서 내 어깨 너머로 책을 들여다보았다. 물론 보아뱀은 글씨를 읽지 못한다. 그가 보고 있는 건 똑같이 생긴 소녀 열한 명이 사냥복 차림으로 나란히 서 있고, 주인공인 공주가 옷을 갈아입고 있는 그림이었다.

"네 질문에 대답을 하려면 이게 어떤 이야기인지 내가 좀 알아야 할 것 같다는 생각이 혹시 안 들어?"

"역시 자고 있었지? 여태 읽었는데 듣지도 않고."

나는 볼을 탱탱하게 부풀리고 눈을 세모꼴로 만들어 보였다.

"에너지 비축을 위해 잠시 휴식을 취한 거야. 옛날 옛적에 어떤 왕자가 어떤 공주와 약혼을 했다는 것까진 들었는데, 그래서 뭐가 어떻게 되었다고?"

"아버지인 왕이 갑자기 왕자를 불렀대. 그래서 어쩔 수 없이 둘이 헤어지게 되었대. 꼭 데리러 오겠다고, 꼭 기다리고 있겠다고 서로 약속을 하고."

하지만 왕자를 기다리고 있었던 건 죽음을 앞둔 아버지의 마지막 부탁이었다. 신붓감을 찾아두었으니 상을 치르는 대로 결혼을 하라는 것이었다. 왕자는 얼떨결에 그러겠다고 약속을 해버린다. 왕자가 다른 나라의 다른 공주와 결혼하기로 했다는 소식을 들은 주인공 공주는, 자신과 똑같은 모습을 한 열한 명의 소녀와 함께 사냥꾼 복장을 하고 왕자를 찾으러 간다.

"그 이야기의 어디에 그렇게 긴 물음표가 달리는 건데?"

보아뱀은 그렇지 않아도 가느다란 눈을 더욱 가늘게 뜨고 나를 바라보았다.

"이상하잖아. 둘이 결혼하기로 약속을 했고 왕자가 준 반지도 가지고 있잖아. 그럼 그냥 왕자를 찾아가서 왜 나를 놔두고 다른 여자랑 결혼하려고 하니, 하고 따지면 되는 거잖아. 어째서 자기랑 똑같은 소녀 열한 명이 필요한 거냐고."

"내심 짐작은 가나 속단하기는 이르군. 그다음 이야기를 해봐."

보아뱀은 냄새를 맡듯 킁킁거리며 책에 코를 갖다 댔다. 냄새로 책에 쓰인 이야기를 알아낼 수는 없다. 그래서 나는 다음 부분을 소리 내어 읽었다.

"공주는 사랑했던 약혼자가 있는 성안으로 들어갔습니다. 그리고 혹시 사냥꾼이 필요한지, 자신들을 쓸 생각은 없는지 물었습니다."

아버지의 뒤를 이어 왕이 된 약혼자는 열두 명의 젊고 잘생긴 사냥꾼으로 변장한 소녀들을 기꺼이 고용했지만 공주를 알아보지는 못했다.

"바로 그거야,"

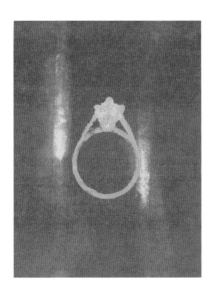

보아뱀이 끼어들었다.

"자신을 못 알아보게 하려고 남자로 변장하고, 자신과 똑같이 생긴 소녀들 무리에 섞인 거지."

"하지만 왜애애애애?"

'왜'의 꼬리가 더 길어졌다.

"계속 읽어봐."

그런데 왕에게는 사자가 한 마리 있었다. '숨겨진 비밀을 모두 알아차리는' 신통한 능력을 가진 사자였다. 사자는 사냥꾼들이 소녀들이라는 사실을 눈치채고 왕에게 고자질을 했다. 그러고는 그들의 정체를 들통 나게 만들기 위해 이런저런 꾀를 냈다. 하지만 왕의 시종 중에 이 사냥꾼들을 좋아하는 사람이 하나 있어서, 소녀들에게 쪼르르 달려가 사자의 계략을 죄다 일러주었다. 왕은 가엾은 사자를 쫓아낸 다음 열두 명의 사냥꾼과 즐겁게 사냥을 다녔다. 그러는 동안 시간은 흐르고 흘러 마침내 왕과 결혼할 이웃나라 공주가 도착했다.

"그 소식을 듣고 주인공 공주는 바로 기절을 했대. 그래서 왕이 허겁지겁 달려가서 공주가 끼고 있던 장갑을 벗겼대. 공주는 왕이 준 약혼반지를 끼고 있었대. 그래서 열두 명의 사냥꾼 중 한 명이 사실은 자기의 약혼녀라는 걸 왕이 깨달았대."

'가슴이 뭉클해진 왕은 약혼녀에게 입을 맞추었습니다'라고 책에는 쓰여 있었다. 그리고 그는 이웃나라 공주를 돌려보냈다. 옛 열쇠를 찾은 사람에게 새 열쇠는 필요 없다는 둥 이상한 소리를 하면서.

"그러니까 왜애애애애애애애?"

머릿속에 마구 뒤엉킨 실타래가 떠다니는 기분이었다. 정체를 숨긴 공주는 뭐며 사냥꾼 중 한 명이 약혼녀라는 것을 발견하고서야 사태를 수습하는 왕은 또 뭔가. 도대체 이야기를 왜 이다지도 배배 꼬아놓았단 말인가.

"확인하고 싶었던 거야."

보아뱀은 몸을 쭉 뻗어 기지개를 켠 다음 또르르 똬리를 틀고 자리를 잡았다. 그가 똬리를 틀 때의 움직임은 언제 보아도 우아했다. 하나하나의 동작이 자로 잰 듯 정확하고 빈틈이 없으며 전체적으로 물 흐르듯 유연하다. 만약 '똬리 틀기 대회' 같은 게 있다면 일 초의 망설임도 없이 나의 보아뱀에게 십 점 만점을 주었을 것이다. 좌우지간 그건 그렇고, 나는 생각했다, 보아뱀이 똬리를 트는 건 내 질문에 대답할 준비가 되었다는 건데, 뭐부터 물어봐야 할까. 머릿속이 뒤죽박죽이니 질문의 순서도 정할 수가 없었다. 나는 최대한 불쌍한 표정을 지으며 보아뱀을 바라보았다.

"뭘 확인하는 건데?"

"글쎄, 꼬마야. 미묘한 여자의 심리를 네가 어디까지 이해할 수 있을지, 게다가 그런 걸 이해하는 게 너한테 좋은 일일지 나쁜 일일지 판단이 서질 않네."

"뭐가 뭔지 모르는 바보 멍텅구리가 낫다는 거야?"

눈물이 그렁그렁 매달린 동그랗고 맑은 눈동자는 아이의 강력한 무기가 된다는 것을 알 만한 나이였으므로, 나는 더더욱 불쌍한 표정을 지었다. 물론 눈물까지 매다는 기교는 아직 배우지 못했지만.

"어쩔 수 없지."

보아뱀은 짧은 한숨을 추임새처럼 넣고 말을 이었다.

"자기랑 약혼을 한 남자가 다른 여자랑 결혼한다는 소식을 듣고 공주도 여러 가지를 생각하지 않았겠어? 처음에는 득달같이 달려가서 어떻게 이럴 수가 있냐고 따져 묻고 싶었겠지. 그랬을 때 왕자는 어떻게 나올까에 대해서도 생각을 했을 거야. 아이쿠, 이거 정말 미안하게 되었네, 내가 깜박 잊어버리고 있었어, 하고 반갑게 맞아줄 가능성도 있을 테고, 일이 복잡하게 됐네, 하고 귀찮아할 가능성도 있겠지. 공주는 약혼자의 마음을 알고 싶었을 거야. 아직 자기를 사랑하고 있는 건지, 벌써 잊어버렸는지."

"그런 거라면 직접 물어보면 되잖아?"

보아뱀은 다시 한 번 한숨을 쉬었다.

"인간이란 거짓말을 하는 동물이니까."

내가 '왜애애애애애애애애?'라고 하기 전에 보아뱀은 재빨리 몸을 구부려 물음표를 만들었다.

"엄청나게 큰 물음표네."

나도 모르게 감탄하는 바람에 칭찬을 하고 말았다.

"친구가 새로 산 옷을 자랑하는데, 네 눈에는 그게 안 예쁘다 싶을 때가 있잖아. 그럼 너는 뭐라고 얘기해주지?"

음. 나는 엄지손톱을 깨물며 생각해보았다. 그거 아니거든, 하고 말하고 싶지만 그랬다가는 친구의 마음이 상해버릴 것이다. 그런 일로 마음을 상하게 만들어봤자 나한테도 좋을 건 없다. 그저 잘 어울리네, 정도로 기분을 맞춰주지 않을까.

"그럼 왕자가, 아니 이제 왕이 되었다고 그랬지, 그럼 왕이 공주한테 거짓말을 한다는 거야?"

"약속을 했으니, 왕이 약혼녀와 결혼할 가능성이 높긴 하지. 아버지가 정해놓은 이웃나라 공주는 얼굴 한 번 본 적 없으니 미련이 있을 리도 없고. 하지만 공주가 알고 싶었던 건 왕이 여전히 자신을 사랑하고 있느냐, 였을 거야. 지나간 사랑이냐, 현재진행형인 사랑이냐. 단지 이전에 했던 약속 때문에 자신을 받아들이는 건 싫은 거야. 그런데 대놓고 물어보면 왕의 본심을 알 수가 없을 테고. 여전히 사랑하고 있소, 라고 해도 그렇다면 왜 먼저 부르지 않았느냐는 둥, 다른 여자랑 결혼한다는 파다한 소문은 뭐냐는 둥, 의심이 이어지겠지. 역시 너한테는 좀 어려운 이야기야."

"그럼 그 열한 명의 똑같이 생긴 소녀는 뭐야? 왜 자기를 못 알아보게 하는 건데?"

보아뱀의 이야기를 제대로 따라잡지 못한 나는 여전히 첫 번째 질문 주위를 빙글빙글 맴돌고 있었다.

"남자 행세를 하고 있는 똑같이 생긴 소녀들 중에서, 자기를 찾아주고 알아봐주기를 원한 거겠지. 다시 한 번 사랑에 빠져주었으면 했을 거야. 그렇게 되면 그건 사랑의 승리니까. 오, 이 사람은 나를 몇 번이나 다시 만나도 몇 번이나 사랑하게 되어 있어, 이건 운명이야, 그걸 확인하고 싶었던 거 아니겠어."

만약 내가 이다음에 누군가와 사랑을 하게 된다면 그렇게까지 복잡하게 하고 싶진 않은데, 생각하며 나는 눈을 깜박였다. 하지만 훗날 내가 하게 된 사랑은 그 이야기보다 천 배쯤 복잡해서 나조차도 이해할 수가 없었다. 사랑이란 처음부터 제멋대로이고 이해 불가능한 녀석일지도 모르겠다. 사랑에게 입이 있다면 '왜 나를 이해하려는 건데? 그게 무슨 소용인데?' 하고 항의할 테지만.

"사람들은 왜 거짓말을 하는 거야?"

내가 혼잣말로 중얼거리자 보아뱀은 고개를 치켜들고 내 눈을 빤히 바라보았다.

"백 퍼센트의 거짓말 같은 건 없어. 이 세상에 완벽한 진실이 없는 것처럼 완전한 거짓말도 없는 거야. 거짓말 속에 진실이 있고 진실 속에 거짓말이 있는 법이니까. 두 가지가 어떤 비율로 섞여 있는지, 그래서 결국 어떤 이야기를 하고 싶은 건지를 알아야겠지. 예를 들어 누군가 너한테 사랑한다고, 영원히 사랑한다고, 그러니 언제까지나 곁에 있겠다고 약속할 때는…."

이상하다. 보아뱀의 목소리가 흔들리고 있다, 하고 나는 생각했다. 그래서 손을 뻗어 보아뱀의 미끌미끌한 꼬리를 살며시 붙잡았다.

"그런 약속을 할 때는 말이야, 반드시 그렇게 하겠다는 게 아니라 그러고 싶다는 마음이라는 거야. 세상에 영원한 것은 없는 법이니 애초에 전제 자체가 거짓말이지. 그럼에도 불구하고 영원이라는 단어를 굳이 써야만 표현할 수 있는 마음이 있는 거야."

기분 탓일까, 보아뱀의 꼬리도 흔들리고 있다, 하고 나는 또 생각했다. 그래서 그 꼬리를 꼭 끌어안고 싶어졌다. 하지만 보아뱀은 능글능글 내 손에서 꼬리를 빼내더니 늘어지게 하품을 하고 이야기의 꼬리를 끊어버렸다.

"진실을 말하는 그 사자가 마지막에 오해를 풀고 다시 사랑받게 되었다니 다행이네. 묘하게 마음에 걸렸는데. 그나저나 나는 좀 졸리구나, 꼬마야."

뭐야, 여태 졸았으면서, 하고 생각했지만 입 밖으로 내진 않았다. 그 대신 스르르 눈을 감고 아무런 미동도 하지 않는 보아뱀을 나는 오래도록 바라보았다.

"왜 세상은 꿈쩍도 하지 않는 걸까?"

"애들아, 문 열어. 엄마야. 맛있는 것을 가지고 왔어."

늑대가 창턱에 올려놓은 검은 앞발을 보고 아이들이 소리쳤습니다.

"안 열어줄 거야. 엄마는 너처럼 발이 새까맣지 않아. 넌 늑대지?"

그러자 늑대는 빵 장수를 찾아갔습니다.

"발에 상처를 입었으니 빵 반죽을 발라주게."

빵 장수가 앞발에 반죽을 발라주자 늑대는 방앗간으로 갔습니다.

"내 앞발에 하얀 밀가루를 묻혀주게."

방앗간 주인은 늑대가 누군가를 속이려는 것 같아 거절했습니다.

늑대가 말했습니다.

"묻혀주지 않으면 널 잡아먹을 테다."

무서워진 방앗간 주인은 늑대의 앞발을 하얗게 만들어주었습니다.

그래요, 사람들은 다 그렇답니다.

_ 그림 형제, 『늑대와 일곱 마리 아기 염소』

그날, 내 짝꿍은 퉁퉁 부은 눈을 하고 학교에 왔다. 그러고도 하루 종일 울었다. 수업을 하던 선생님이 몇 번이나 달래도 눈물을 그치지 않았다. 무슨 일이냐고 물어도 묵묵부답이었다. 결국 셋째 시간에 짝을 데리고 양호실로 가는 임무가 내게 주어졌다. 짝꿍을 침대에 눕히고 이불을 덮어준 다음 교실로 돌아가려는데, 등 뒤에서 기운이 하나도 없는 목소리가 들렸다.

"…버렸어…."

급히 몸을 돌려 바싹 다가갔지만, 짝꿍의 입술 사이로 겨우 새어나온 말은 이미 놓친 다음이었다. 무슨 소리냐고 되물으면 도로 입을 다물어버릴 것 같아, 나는 숨도 쉬지 않고 한 번 더 말해주기를 기다렸다.

"…죽어버렸어…."

"죽어? 누가?"

예기치 않게 커진 내 목소리에 깜짝 놀란 건 오히려 나였다. 짝꿍은 마치 신호를 기다리고 있었다는 듯, 으앙 하고 큰 소리로 마음 놓고 울음을 터뜨렸다. 교실에서는 나름대로 참고 있었던 거였구나 싶어 나도 같이 울고 싶어졌다. 금이 간 것처럼 삐걱거리는 마음으로 나는 짝꿍의 뺨에 달라붙은 눈물 젖은 머리카락을 조심스럽게 떼어냈다.

"내 병아리가… 삐삐가…."

그렇게 된 거였구나. 비로소 나는 사태를 파악할 수 있었다.

병아리를 파는 아저씨가 교문 앞에 자리를 잡은 건 그 일이 있기 일주일쯤 전이었다. 병아리들은 가냘픈 목소리로 삐약삐약 울어대며 숨구멍을 뚫어놓은 종이상자 안에서 종종걸음을 치고 있었다. 하지만 종이상자는 작고 병아리들은 많아서 한 걸음도 못가 자기들끼리 부딪치고는 또 삐약삐약 울어댔다. 그 모습을 들여다보는 아이들은 많았지만 병아리를 사는 아이는 없었다. 아홉 살짜리가 지니고 있는 돈으로는 기껏 사탕 몇 알이나 연필 한두 자루를 살 수 있을 뿐이다. 병아리는 사탕 한 봉지 또는 연필 한 다스 정도의 가격이었다.

짝꿍은 병아리를 갖고 싶어 했다. 그래서 그날 집으로 돌아가 엄마를 졸랐다. 하지만 '병아리 같은 건 키울 수 없어. 네 동생 알레르기 때문에 강아지도 고양이도 못 키운다는 걸 너도 잘 알지 않니. 게다가 그런 데서 파는 건 금방 죽어버릴 거야. 병에 걸렸거나 약한 애들만 데려오거든. 튼튼한 애들도 엄마 닭의 품 안에서 한창 자라야 할 때가 아니니' 하는 소리를 엄마한테 들었다.

그래도 짝꿍은 포기하지 않았다. 입학하던 날부터 받은 용돈을 아껴 조금씩 채워왔던 빨간 벙어리저금통의 배를 가르고 한 움큼의 동전을 꺼냈다. 다음 날, 짝꿍은 그 돈으로 병아리 한 마리를 샀다. 병아리를 넣어둘 종이상자는 자주 가던 구멍가게에서 얻었다. 집으로 가져갈 수는 없었기 때문에 집 근처에 있는 공터 한

귀퉁이에 숨겨놓았다. 햇빛이 잘 들지 않고 억센 풀들이 무성해서 아이들의 발길도 뜸한 곳이었지만, 혹시 누군가에게 들킬지도 몰라 상자를 신문지로 덮은 다음 나뭇가지와 풀들을 그 위에 쌓아놓았다. 짝꿍이 그 대단한 비밀을 나한테 털어놓은 것은 병아리가 죽기 하루 전날이었다.

"이름도 지었다? 삐삐야."

나는 짝꿍의 용의주도함에 충분히 찬사를 보낸 다음 귀여운 이름을 붙여주었다고 칭찬했다. 태어나 처음으로 그런 비밀을 갖게 된 기분이 어떤지 궁금했다. 그러고는 둘이서 삐삐를 보러 가기로 약속했는데 하룻밤 사이에 그만 죽어버렸다는 거였다.

처음부터 아홉 살짜리가 품기에는 버거운 비밀이었을 것이다. 하지만 햇살처럼 노란 솜털의 감촉, 까만 눈동자의 반짝거림, 모이를 쪼아 먹는 앙증맞은 움직임 같은 것들이 짝꿍에게 용기를 주었을 것이다. 그 기쁨이 두려움을 이겼을 것이다. 그랬는데, 죽어버렸다. 몰래 숨겨온 기쁨이, 자신에게 온전히 의지했던 연약한 생명이, 태어나 처음으로 이름을 붙여준 존재가.

어쩐지 나는 화가 났다. 그래서 짝꿍을 달래야 하는 본분을 잊어버리고 당차게 선언했다.

"따지러 가자!"

"뭐?"

눈이 빨개진 짝꿍이 금이 간 목소리를 냈다.

"그 아저씨한테. 너네 엄마 말씀이 맞아. 처음부터 아픈 병아리였던 거야. 그러니까 그 아저씨가 나쁜 거야. 가서 따지자."

"그래서? 그 아저씨가 순순히, 내가 큰 잘못을 했구나, 맑고 순수한 동심에 치명적인 상처를 주어서 정말 미안하구나, 다시는 그런 병아리를 팔지 않을 테니 한 번만 용서해다오, 하면서 손이 발이 되도록 싹싹 비는 일 같은 건 일어나지 않았겠지?"

"뭐야, 그 심통맞은 반응은."

심통은 내가 내고 있다는 것을 알면서도, 나는 딱딱거리며 보아뱀을 쩨려보았다.

"흠. 그런 기세였다면 그 아저씨, 잔뜩 겁을 집어먹었겠군."

어쩐지 맥이 탁, 풀려버려 능글능글 웃고 있는 보아뱀에게 대들 마음도 나지 않았다. 능글맞기로 따지면 그 아저씨가 한 수 위였다.

"아저씨가 내 짝꿍한테 판 병아리가 죽어버렸어요. 얘네 엄마가 그러셨는데, 처음부터 아저씨가 아픈 병아리를 가져온 거래요. 그러니까 아저씨 책임이에요."

아이라는 이유로 무시당하지 않으려고 한 음절, 한 음절을 끊어 또랑또랑 얘기한 것까지는 좋았다. 하지만 아저씨는 보고 있던 신문에서 눈을 떼지도 않고, 얼굴색도 바꾸지 않은 채, 태평한 목소리로 말했다.

"네가 사간 건 살아 있는 병아리였잖아?"

나란히 서 있던 짝꿍과 나는 고개를 돌려 마주 보았다. 짝꿍의 눈에는 어느새 또 눈물이 고여 있었다.

"그건… 그렇지만… 그래도… 아픈 병아리였어요!"

기어들어가는 목소리에 다시 힘을 주고 내가 소리쳤다.

"증거 있냐?"

아저씨는 신문을 펄럭거리며 접었다 펴고 다시 접었다. 내가 보기에는 일부러 그러는 것 같았다.

"얘들아, 병아리가 죽는 데는 여러 가지 이유가 있단다."

여전히 우리 쪽은 쳐다보지도 않은 채, 미간에 잔뜩 주름을 만들며 아저씨가 말했다. 단어 하나하나에도 찌글찌글 주름이 잡혔다.

"물을 너무 많이 줬거나 너무 적게 줬거나, 너무 더운 곳에 뒀거나 너무 추운 곳에 뒀거나, 너무 많이 주물럭거렸거나 너무 무관심했겠지. 모이만 해도 그래. 제대로 된 모이를 주지 않았거나 모이가 상했거나… 아예 안 준 건 아니냐?"

"아니에요!"

짝꿍이 비명을 지르듯 대답했다. 우리의 항의는 그게 다였다.

짝꿍은 울음을 터뜨렸고 나는 당황했고 아저씨는 귀찮은 새들을 쫓듯 큼직한 손으로 우리를 휘이휘이 내쫓았다. 그래서 나는 겨우겨우 짝꿍을 달래 집까지 바래다주고 퉁퉁 부은 얼굴로 돌아온 것이다.

"뭘 기대하고 간 거야?"

보아뱀이 물었다.

"돈을 돌려받고 싶었던 거야?"

나는 고개를 힘껏 저었다.

"병아리가 죽어버린 게 내 짝꿍 책임이 아니란 걸 확인하고 싶었을 뿐이야."

흠, 하고 보아뱀은 감탄사를 내뱉었다.

"용감한 꼬마들이로군. 그래서 이제 어떻게 할 거야? 포기한 거야?"

"아냐!"

앞뒤 생각 없이 외치고 나자 그래서 이제 어떻게 할 건지 알 수가 없다, 막막하기만 하다, 라는 기분이 들었다. 하지만 이대로 물러나기에는 몹시 억울했다.

"그 아저씨는 나쁜 아저씨야! 그러니까, 그러니까, 그러니까…."

그러니까 뒤에 와야 할 말이 쉽게 떠오르지 않았다. 아저씨가 벌을 받아야 한다거나, 행복해지면 안 된다거나, 그런 생각은 들지 않았다. 다만 그 아저씨 때문에 내 짝꿍이 아파했고, 그래서 가만히 있을 수가 없었던 거였다. 결국 아무런 소용도 없었지만.

'그래요, 사람들은 다 그렇답니다.'

그 구절에서 나는 멈춰버렸다. 보아뱀도 계속 읽으라고 재촉하지 않고, 물끄러미 창밖을 바라보고 있었다. 그 시선 끝에, 병아리처럼 동그랗고 노란 달이 호기심 많은 얼굴로 세상을 내려다보고 있었다.

"세상에 뭐 좋은 게 있다고."

무심코 나온 나의 한탄에 보아뱀의 눈이 가늘어졌다. 애늙은이 같은 소리를 한다고 잔소리를 하겠지, 했는데 예기치 않았던 말이 그의 입에서 흘러나왔다.

"늑대라는 녀석들은 왜 항상 악역을 맡는 걸까."

그런 생각은 해본 적이 없어서 나는 고개를 갸웃거렸다.

"하긴, 우리 형편도 크게 다르진 않지. 신화에서나 전설에서나 동화에서나, 뱀이 자기를 희생해서 세상을 구원했다는 얘기 같은 건 들어본 적이 없으니까. 뱀만 등장하면 다들 못 잡아먹어서 안달이거든. 우리가 뭘 어쨌다고. 늑대도 그래. 애초에 자기보다 작은 동물들을 잡아먹고 살도록 태어난 걸 어쩌겠어. 개네들도 힘

들게 사냥하는 것보다 풀이나 뜯어먹고 싶겠지. 잘못하면 부상이
나 당하고, 기껏 잡아도 욕이나 먹고. 도대체 왜 나비는 사랑받고
나방은 미움을 받는 거야?"

언제까지나 계속될 것 같던 장광설이 갑자기 뚝 그치는 바람에
나는 대답을 해야 할 것 같다는 의무감에 사로잡혔다.

"나방은 해충이니까?"

하지만 내 대답은 사태를 더욱 악화시켰다.

"해충! 해충의 사전적 정의가 뭔지 알아, 꼬마야? 해충이란 인
간의 생활에 해를 끼치는 벌레란 거야."

내가 사전을 찾아볼 틈도 주지 않고 자기가 대답을 해버렸다.

"말하자면 인간의 기준에서 볼 때 나쁜 벌레라는 거지. 벌레로
태어난 것도 가없은데 태어날 때부터 너는 나쁜 벌레다, 하고 낙
인이 찍히면 기분이 어떻겠어?"

할 말을 잃은 나는 다시 책에 코를 박았다. 보아뱀은 푸르르르
몸을 한 번 털고 자기가 언제 열을 냈냐는 듯 태연하게 바닥에 엎
드려 눈을 감아버렸다.

이상하게도 이야기는 별로 재미가 없었다. 일곱 마리의 아기
염소들은 늑대의 하얀 앞발을 보고 문을 열어주었고, 늑대는 신
이 나서 그들을 잡아먹었다. 살아남은 건 커다란 벽시계 안에 숨
은 막내 염소밖에 없었다. 집으로 돌아온 어미 염소는 막내 염소

와 함께 늑대를 찾으러 다녔다. 배가 빵빵하게 차오른 늑대는 코를 드렁드렁 골며 자고 있었고, 어미 염소는 배를 갈라 여섯 마리의 아기 염소들을 하나씩 꺼냈다. '그 괴물 같은 동물이 욕심을 잔뜩 부려 통째로 삼켜버렸기 때문에' 염소들은 모두 살아 있었다. 어미 염소는 아기 염소들 대신 돌멩이를 늑대의 뱃속에 가득 집어넣고 도로 꿰매어놓았다. 잠에서 깨어난 늑대는 왠지 몸이 무겁다고 생각하며 물을 마시기 위해 샘으로 갔다. 늑대가 몸을 숙이자 몸속의 돌멩이들이 한쪽으로 몰렸고, 허둥대던 늑대는 물에 빠져 죽고 말았다. 일곱 마리 아기 염소들이 "늑대가 죽었어! 늑대가 죽었어!" 하고 외치며 어미 염소와 함께 춤을 추는 것으로 이야기는 끝이 났다.

　내가 마지막 구절을 읽고 책을 덮은 후에도 보아뱀은 여전히 눈을 감고 있었다.

　"저기…,"

　나는 머뭇거리며 보아뱀을 콕콕 찔렀다.

　"왜 화가 난 거야?"

　보아뱀은 한쪽 눈만 빠끔 뜨고 나를 보았다.

　"화난 거 아니니까 그런 얼굴 할 거 없어."

　"하지만 기분이 안 좋지 않았어?"

　"왜 그런 생각을 하고 있는 거야?"

보아뱀의 목소리에 웃음기가 슬쩍 섞여 있어 나는 마음을 놓고 말했다.

"그러니까 사람들이 제멋대로여서? 늑대랑 뱀이랑 나방을 나쁜 녀석들로 만들어버려서? 나도 걔네들이 나쁜 녀석들이라고 생각해버려서?"

말을 하다 보니 문득 마음에 걸리는 게 있었다.

"저기, 혹시 그 병아리 파는 아저씨도, 늑대 같은 걸까? 병아리를 팔지 않으면 굉장히 곤란해지는 걸까?"

보아뱀은 날렵한 꼬리를 들어 올려 내 머리카락을 가볍게 헝클어뜨렸다.

"꼬마야, 내가 기분이 썩 좋지 않았던 건 말이야, 내가 너한테 그다지 좋은 친구가 아닐지도 모르겠다는 생각이 문득 들었기 때문이야. 나는 꽤 오래 살았고, 나처럼 오래 산 사람들은 비관적이 되기 쉬운 법이거든. 그게 너한테 안 좋은 영향을 미치는 게 아닐까 싶어서 그런 거지. 너는 아이답게 무모하고 낙관적이어도 좋은 거야."

내가 뭐라고 항의하기 전에, 보아뱀이 말을 이었다.

"그리고 그 아저씨한테도 물론 사정은 있겠지. 그 사람이라고 하루 종일 교문 앞에 쪼그리고 앉아서 삐약삐약 소리를 들으며 애들한테 코 묻은 돈을 뜯어내고 싶겠어. 하지만 한 아이가 그토록 슬프게 울었는데 세상이 꿈쩍도 하지 않는다는 건 너무 잔인하지. 너네들이 찾아갔을 때 그 아저씨가 그런 태도를 보인 건 잘못이야. 병아리가 죽은 걸 네 짝꿍 탓으로 돌려버리고 자기는 미꾸라지처럼 빠져나간 거잖아. 아참, 이렇게 말하면 미꾸라지한테 미안한데."

보아뱀이 푸르르르르륫 웃었고 나도 쿡쿡 웃었다.

"그러니까 너네들도 하고 싶은 말은 하도록 해."

그래서 나는 그렇게 하기로 했다.

다음 날에도 짝꿍의 눈은 평소의 두 배 크기로 부어 있었지만 기분은 조금 나아 보였다.

"엄마가 알아버렸어."

그런 눈을 하고 있는데 엄마가 눈치채지 못할 리는 없다. 짝꿍은 한숨을 쉬었지만 비밀을 들키는 바람에 마음이 오히려 편해진 듯했다.

학교가 파한 후, 나와 짝꿍은 그 아저씨를 다시 찾아갔다. 아저씨는 조금 의외라는 듯 고개를 들고, 할 말이 더 남았냐는 표정으로 우리를 바라보았다. 할 말은 남아 있었다. 짝꿍의 손을 꼭 쥐고 나는 작지만 분명한 목소리로 얘기했다. 잊어버릴까 봐 하루 종일 속으로 연습한 말이었다.

"한 아이가 그토록 슬프게 울었는데 세상이 꿈쩍도 하지 않는 다는 건 너무 잔인해요. 병아리가 죽어버린 건 아저씨한테도 책 임이 있어요. 어른이라면, 인정하셨으면 좋겠어요."

대답은 듣지 않았다. 몸을 돌려 학교에서 점점 멀어지는데, 맞 잡은 짝꿍의 손에 힘이 들어갔다.

"대단해."

짝꿍이 웃으며 말했다.

"네가 생각해낸 말이야?"

"책에서 읽었어."

우리는 손을 잡은 채로 병아리 삐삐가 묻혀 있는 공터를 향해 달려갔다. 가방 안에는 색종이로 접은, 삐삐에게 줄 종이비행기 가 들어 있었다. 종이비행기는 삐삐를 달까지 데려다줄 것이다. 그곳에서 삐삐는 하나도 심심하지 않을 것이다.

열다섯 번째 이야기 · 황금 거위

"하고 싶은 대로 하면 되는 걸까?"

멍텅구리가 길을 나서려 하자 큰딸은 거위의 날개를 잡았습니다. 그런데 손이 거위에 달라붙어버렸습니다.

둘째 딸도 황금 깃털을 가지려고 다가왔지만, 언니의 몸에 손이 닿는 순간 딱 붙어버렸습니다. 셋째 딸도 똑같은 생각으로 다가오자 언니들이 소리를 질렀습니다.

"안 돼, 오지 마!"

셋째 딸은 언니들의 말을 받아들일 수 없었습니다. '자기들은 되고 왜 나는 안 돼?' 속으로 투덜거리며 뛰어간 셋째 딸도 언니의 몸에 붙어버렸습니다. 결국 여관집 딸들은 거위와 함께 밤을 보내야 했습니다.

다음 날 아침, 멍텅구리는 거위를 안고 길을 떠났습니다. 거위에 붙어 있는 세 아가씨들에게는 아무런 신경도 쓰지 않았습니다.

_ 그림 형제, 『황금 거위』

우리 반 여자아이들은 죄다 그 애를 마음에 안 들어 했다. 무엇보다 첫인상이 나빴다.

"새로 전학 온 학생입니다. 모두 사이좋게 지내도록 하세요."

선생님이 그 애를 데리고 와서 소개를 시키고 그렇게 얘기했을 때 모두 네, 하고 합창을 했다. 그런 당부가 없었어도 우리는 그럴 생각이었고 짝짝짝 환영의 박수도 쳤다. 하지만 그 애는 잘 부탁한다는 인사는커녕 고개도 까딱하지 않았고, 박수소리가 사라지기도 전에 뚜벅뚜벅 교단을 내려가 빈자리에 앉아버렸다. 그러는 동안 누구하고도 눈을 마주치지 않았다. 환영의 주인공을 잃어버린 우리는 잠시 멍해져 있었고 그 기분이 썩 좋진 않았다.

그래도 첫째 시간이 끝나고 나서 한두 명의 아이들이 그 애 곁으로 다가갔다. 전학 온 첫날이라 친구 하나 없을 테니 쑥스럽고 서먹서먹하겠지, 그러니까 우리가 먼저 말을 걸어주자, 하고 나름대로 배려를 한 것이다. 전에 다니던 학교는 어디였니, 이사를 온 거니, 집은 어디니, 우리 집이랑 가까우면 이따 같이 갈까, 하고 종알종알 말을 시키는 데도 그 애는 들은 척도 않은 채, 책상 위에 펴놓은 국어교과서만 들여다보고 있었다. 완전히 무시당한 아이들은 자기들끼리 눈을 맞추며 어쩔 줄 몰라 했고 그중 한 명은 노골적으로 기분 나쁘다는 표정을 지었다. 그러다가 한 아이가 망설이는 목소리로 다음 시간은 국어가 아니야, 하고 일러주었다. 그다음에 그 애가 한 행동이 결정적이었다. 탁, 소리가 나게 국어교과서를 덮고 벌떡 일어나 밖으로 나가버린 것이다. 그 모습을 반 아이들 전부가 보고 있었다.

얼음처럼 차가운 침묵이 한차례 지나간 후, 아이들은 갑자기 생각났다는 듯 와글와글 떠들어대기 시작했다. 다음 시간은 국어가 아니라고 얘기해주었던 아이가 서러움에 북받쳐 으앙 하고 울음을 터뜨렸기 때문에 아이들의 분노는 더욱 커졌다. 그 와중에 생뚱맞게도 그 애에게 호감을 표시하는 남자아이들이 있었다. 그 아이가 예뻤기 때문이다.

"어떻게 저렇게 하얄 수가 있어? 완전 백설공주야."

그때까지 조심스럽게 판단을 유보하던 여자아이들도 누군가의 그 한마디에 마음의 결정을 내려버렸다. 가뜩이나 불편한 마음에 질투심이 불을 질렀다. 아닌 게 아니라 백설공주란 이름이 아깝지 않을 정도로 하얀 피부를 가진 그 애에게, 우리는 백설이라는 별명을 붙여주었다. '공주'는 떼어버리고, 잔뜩 아니꼬운 심기를 담아서.

"그래서, 일주일이 지난 지금까지도 백설이란 애를 따돌리고 있는 거야?"

보아뱀의 핀잔에 나는 또 울컥했다.

"따돌리다니. 따돌림받고 있는 건 우리들이야. 아예 대놓고 무시하는걸."

그날은 휴일이었고, 나는 집을 보고 있었다. 딱히 도둑이 들까 봐 감시한 것은 아니니 그냥 집에 남아 있었다고 해야 할지도 모르겠다. 아빠와 엄마는 먼 친척 아저씨가 큰 수술을 받았다는 소식을 듣고 병문안을 갔다. 나는 잘 모르는 아저씨인 데다 상태가 심각한 모양이어서 아이를 데려가는 건 좋은 생각이 아닌 것 같다고 엄마가 말했고, 나는 순순히 고개를 끄덕였다. 환한 낮이고 다만 몇 시간이었지만 그래도 걱정이 되는지 정말로 괜찮겠느냐고 엄마는 몇 번이나 물었다. 나는 정말로 괜찮았다. 만약 늑대 같은 게 찾아와 문을 열어달라고 조른다면 오히려 좋을 것 같았다. 늘 배가 고픈 데다가 코끼리도 한입에 삼켜버리는 보아뱀이 있었으니까.

그래서 보아뱀과 나는 모처럼 마음껏 큰 소리로 이야기를 나누고 있었다. 보아뱀은 다른 사람의 눈에 보이지 않으니 그와 대화를 나눌 때는 충분히 조심해야 했다. 자칫 하면 혼잣말을 심하게 하는 아이로 오해받을 소지가 다분했다.

"백설이와 네가 개인적으로 부딪친 적이 있어?"

보아뱀이 물었다. 어쩐지 허를 찔린 기분이 되어 잠깐 머뭇거리는 사이, 좀 더 날카로운 두 번째 질문이 밀어닥쳤다.

"백설이가 시비를 건다거나, 못살게 구는 아이는 있어?"

없었다. 나와 개인적으로 부딪친 적도, 그 애가 특정한 애를 골라 못살게 굴었던 적도. 백설이는 그저 다른 사람들이 보이지 않는 것처럼 행동했다. 나쁜 짓이나 나쁜 말을 하는 것도 아니었다. 아니, 말 자체를 하지 않았다. 아이들뿐 아니라 선생님에게도.

여자아이들이 입을 삐쭉거리고 남자아이들이 실실 웃는 동안에도, 선생님은 그 애의 주의를 끌고 말을 시켜보려고 무지 애를 썼다. 하지만 백설이는 입을 꼭 다물고 수업 내내 교과서만 뚫어져라 보고 있었다. 야단을 치는 것도 달래는 것도 그 애한테는 통하지 않았다. 한편으로는 대단하다고 아이들은 수군거렸다.

수업시간보다 곤란한 건 체육시간이었다. 남자아이들이 공을 차는 동안 여자아이들이 피구 비슷한 것을 할 때면, 아무도 백설이에게 공을 던져주지 않는다. 그래서 그 애는 운동장 한구석에 오도카니 서 있곤 했다. 그래도 숙제는 해온다. 청소당번일 때는 걸레질도 하고 창문도 닦는다. 말을 하지 않는 것을 제외하면, 선생님에게도 그 애를 혼낼 이유가 없다는 것이 문제라면 문제였다.

"그 애를 미워하는 진짜 이유가 뭔지, 넌 이미 알고 있을 거야. 그걸 인정하면 그 애 마음의 상처 자국이 보이겠지."

보아뱀은 그런 소리를 하더니, 또르르 몸을 말고 눈을 감아버렸다.

다음 날 학교에 갔더니 백설이가 보이지 않았다. 그다음 날도, 그다음 다음 날에도 그 애는 학교에 오지 않았다. 나흘째 되던 날, 출석을 부르던 선생님은 그 애 이름을 아예 빼먹었다. 아이들 사이에서 이런저런 추측이 난무했지만 그 애가 왜 학교에 오지 않는 거냐고 선생님께 묻는 아이는 없었다.

그날 오후, 수업이 끝나고 짝꿍과 함께 교문을 나서는데 양복 차림의 한 아저씨가 헐레벌떡 뛰어오더니 우리 앞에 멈춰 서서 숨을 헐떡였다. 뭔가 묻고 싶은데 숨이 차서 말을 할 수 없는 상황인 것 같아, 우리는 잠시 기다려주었다. 학부모라기보다 대학생 같은, 아빠라기보다 삼촌 같은 사람이었다. 특별히 어려 보여서가 아니라—성인 남자는 죄다 똑같은 아저씨로 보이던 때였다—나사가 하나 풀린 것 같은 분위기 때문이었다. 분명 어른이긴 한데 대책 없고 어설퍼 보이는 사람들이 있게 마련이다.

아저씨는 어수선한 손놀림으로 넥타이를 풀다 제풀에 놀란 듯 다시 고쳐 매고는 이마의 땀을 훔치며 저기, 하고 말을 꺼내는가 했더니 갑자기 사레가 들린 듯 기침을 해댔다. 그 사이에 짝꿍과 나는 어떡하지, 기다려야 하는 거야 그냥 가야 하는 거야, 하고 눈빛을 주고받았다.

"저기,"

겨우 기침을 그친 아저씨가 손사래를 치면서 쑥스럽다는 듯 미소를 지었다.

"미안하다, 애들아, 급하게 오느라고. 지금 점심시간인데, 얼른 들어가봐야 하거든."

"어디를요?"

내 말에, 아저씨는 놀라운 질문을 받았다는 듯 눈을 동그랗게 떴다.

"응? 아, 그렇지, 이 학교에 근무하시는 선생님을 잠깐 뵈러 왔단다. 아, 그리고 회사로 돌아가야 해."

"그런데요?"

짝꿍의 말에, 아저씨는 용건을 잊어버린 자신이 한심하다고 생각했는지 짧은 한숨을 뱉었다.

"그렇지, 저기, 교무실이 어느 쪽인지 가르쳐줄 수 있을까?"

우리는 손가락을 나란히 모아 교무실 쪽을 가리켰다. 아저씨는 고마워, 고마워, 하며 걸음을 옮기더니 몇 발자국을 가다 멈추고 뒤를 돌아보았다. 우리는 왠지 그 아저씨가 교무실을 제대로 찾아가지 못할 것 같아 가만히 지켜보고 있던 참이었다.

"내 딸도 꼭 너네 또래인데. 혹시 알고 있을까? 얼마 전에 전학을 왔거든."

백설이의 아빠가 선생님을 만나러 학교에 다녀갔다는 소문은 금세 퍼져버렸다. 그 아저씨는 우리의 불길한 예감에 부응하여 교무실을 찾지 못하고 헤매다가 아이들이 청소를 하고 있는 교실로, 그것도 하필이면 우리 반으로 들어갔다. 자신이 백설이의 아빠임을 밝힌 아저씨는 아이들에 의해 교무실로 안내되었지만, 학교란 공간은 벽에도 눈과 귀가 달려 있는 곳이다. 선생님이 아저씨와 이야기를 나누는 동안, 아이들은 교무실 문에 방울처럼 조롱조롱 매달려 있었다. 선생님한테 들켜 우르르 쫓겨나기 전까지 약 삼십 초 동안 아이들은 충격적인 정보를 얻었다. '백설이한테는 엄마가 없다'는 것이었다.

어떤 아이는 그 아저씨가 '제가 혼자 키우느라' 하고 말하는 것을 확실히 들었다고 장담했다. 다른 아이는 '그다지 가까운 거리가 아니어서 제대로 들은 건 아니지만 엄마가 아닌 아빠가 학교에 선생님을 만나러 오는 건 흔치 않은 일'이라는 제법 논리적인 사고를 통해 '엄마가 없다'는 가설을 증명하려 했다. 그 자리에 없었던 아이들이 그 의견에 동조하면서 소문은 곧 기정사실이 되어버렸다. 아이들한테는 백설이가 뚝 떨어진 섬처럼 행동하는 이유가 필요했고, '엄마가 없다'는 것보다 더 나은 이유는 찾을 수 없었기 때문이다.

아저씨가 다녀간 다음 날에도 백설이의 자리는 여전히 비어 있었다. 수업이 끝난 후 나는 선생님을 찾아갔다. 착한 어린이가 되

어야겠다는 결심 같은 걸 새삼스럽게 한 건 아니었다. 단지 신경
이 쓰였다. 보아뱀에게 '마음의 상처 자국'이라는 말을 들은 이
후로, 백설이가 학교에 오지 않은 이후로, 내내 그랬다. 이야기를
어떻게 꺼낼까 망설이다가, 그냥 솔직하게 물어버렸다. 그 애는
왜 학교에 오지 않는 건가요, 라고.

　선생님은 잠시 생각에 잠겼다. 그러더니 빙긋 웃으며 내가 기
대하지 않았던 이야기를 했다.

　"선생님하고 같이 가보지 않을래? 여기서 멀지 않으니까 오래
걸리진 않을 거야. 엄마한테는 선생님이 말씀드릴 테니까."

　멍텅구리가 황금 거위를 얻은 건 난쟁이에게 친절을 베풀었기
때문이다. 숲으로 나무를 하러 간 두 형이 먹을 것과 마실 것을
나눠 달라는 난쟁이의 부탁을 매정하게 거절한 반면, '멍텅구리'
로 불리던 막내는 기꺼이 그와 음식을 나누었다. 난쟁이는 그 보
답으로 나무 하나를 가리키며 그것을 베어보라고 했고, 나무뿌리
에는 황금 깃털을 가진 거위 한 마리가 앉아 있었다.

　멍텅구리가 황금 거위를 안고 여관으로 들어가자, 여관집 주인
의 세 딸이 거위에 눈독을 들였다. 멍텅구리가 잠시 자리를 비운
틈을 타서 제일 먼저 행동을 개시한 사람은 첫째 딸이었다. 황금
깃털 하나만 뽑아 가지겠다고 거위에 손을 댔는데, 그대로 찰싹

달라붙어버렸다. 같은 욕심을 품고 있던 둘째 딸과 셋째 딸도 줄줄이 같은 꼴을 당했다. 하지만 멍텅구리는 거위를 안고 다시 길을 떠났다. '거위에 붙어 있는 세 아가씨들에게는 아무런 신경도 쓰지 않았'다.

그렇게 들판을 걸어가다가 신부님을 만났다. 환한 대낮에 젊은 남자를 따라가는 건 부끄러운 일이라며 신부님은 막내딸을 잡아끌었지만 그도 역시 달라붙어버렸다. 신부님을 찾으러 나온 성당지기도 같은 처지가 되었고, 그들을 구하려고 했던 농부 두 사람도 마찬가지였다. 멍텅구리는 일곱 명을 줄줄이 매단 거위를 안고 왕이 살고 있는 도시로 갔다.

"그 나라에는 절대로 웃지 않는 공주가 있었대. 그 공주를 웃기면 사위로 삼겠다고 왕이 약속했지만 아무도 성공하지 못했대. 그런데 거위 한 마리에 일곱 사람이 매달려 있는 걸 본 공주가 까무러치도록 웃어댔대."

하지만 왕은 멍텅구리가 마음에 들지 않았고, 그래서 몇 가지 문제를 냈다. 멍텅구리는 난쟁이의 도움을 받아 그 시험을 모두 통과하고 마침내 공주를 얻게 된다.

"이 사람은 의외로 머리가 좋은 걸까? 아니면 단순히 운이 좋은 걸까?"

내 질문에, 보아뱀은 기다렸다는 듯 명쾌한 대답을 했다.

"엄청나게 단순한 사람이랄까, 자기 페이스를 지키는 사람이랄까."

"자기 페이스?"

"애초에 난쟁이한테 먹을 걸 나눠준 것도, 친절을 베풀겠다는 의도라기보다 자신의 단순한 가치관을 따랐던 거지. 눈앞에 배고프고 목마른 사람이 있다, 나한테는 먹을 것과 마실 것이 있다, 그러니 함께 먹고 마시는 게 당연한 거야. 세 아가씨들한테 전혀 신경 쓰지 않은 것도 마찬가지고. 이건 내 거우다, 이 여자들은 거기 붙어 있을 뿐이다, 뭘 하든 나와는 상관없으니 나는 내 갈 길을 가련다."

나는 보아뱀이 무슨 말을 하려는 건지 알아차렸다.

"그렇게 하는 게 좋은 걸까? 내가 하고 싶은 대로 하면 그걸로 되는 걸까?"

보아뱀도 내가 무슨 생각을 하고 있는 건지 알아차렸다.

"좋고 나쁘고, 그런 문제는 아니야. 그렇게 행동했을 때 일의 결과가 반드시 좋을 거라는 보장도 없어. 일의 결과가 좋다는 건 또 좋은 걸까? 좋다는 건 뭘까?"

내가 인상을 쓰자 보아뱀은 푸르르르르릇, 웃음소리를 냈다.

"복잡하다 이거지. 알았다, 알았어. 나는 단지 살아가다 보면 자기 페이스를 지켜야 할 때가 있다는 말을 하고 싶은 거야. 단순한 사실에 근거해서, 단순한 결론을 내려야 할 때가 있는 법이거든. 한 번도 웃은 적이 없다는 그 공주는 그걸 알고 있었을 거야. 억지로 자기를 웃기려던 사람들한테는 없었던 거, 말하자면 진심이나 진실 같은 거."

나는 두 손바닥으로 뺨을 감싸 쥐고 생각에 잠겼다. 그리고 단순하게 생각한다는 것은 의외로 꽤나 어려운 일이라는 새로운 사실을 천천히 깨달았다.

백설이네 집에 같이 가자던 선생님의 제의 앞에서 뒷걸음질을 친 건 두려움 때문이었다. 그 사실이 알려지면 나도 백설이처럼 아이들에게 따돌림을 받을지도 모르겠다는 생각이 발목을 잡아 끌었다.

"죄송해요, 오늘은 엄마가 일찍 돌아오라고 했어요."

나는 거짓말을 했고 선생님은 별말 없이 미소만 지었다. 아이들의 빤한 거짓말에 속은 척을 해준 거였다. 쿵쾅거리는 심장 소리가 선생님한테까지 들릴 것 같아 빨개진 얼굴로 도망쳤던 교무실을 다시 찾아간 것은, 보아뱀과 둘이『황금 거위』를 읽고 난 다음 날이었다. 백설이는 여전히 학교에 나오지 않고 있었다.

"잘됐구나, 안 그래도 오늘쯤 다시 가보려던 참이었는데."

왜 마음이 바뀌었느냐는 질문은 없었다. 백설이네 집으로 가는 내내 선생님은 그 애 이야기도, 다른 아이들의 이야기도 꺼내지 않았다. 그 대신 길가에 서 있는 나무들의 이름을 가르쳐주었다. 그래서 그 애에 대한 소문을 퍼뜨리고 있는 아이들을 고자질하지 않을 수 있었다.

대문 앞에서 벨을 누르고 문이 열리기를 기다리는 동안, 선생님은 살짝 쪼그리고 앉아 내 눈을 마주 보며 조그맣게 얘기했다.

"겁먹을 필요 없어. 그 애도 겁먹고 있으니까."

문을 열어준 사람은 선생님 또래로 보이는 젊은 여자였는데, 알고 보니 백설이의 고모였다. 제 방에 있어, 들어가 봐. 백설이의 고모는 그렇게 말하며 그 애의 방문을 가리키고 가버렸다. 조심스럽게 노크를 했지만 반응이 없었다. 기껏 모아둔 용기가 모조리 빠져나가는 것 같아 그대로 몸을 돌리려는데 갑자기 문이 열렸다. 그리고 백설이가 동그란 눈을 더욱 동그랗게 뜨고 나를 바라보았다.

그 뒤에 이어진 제법 긴 이야기를 간추려 하자면, 나는 그날 친구 하나를 만났고 친구 하나와 헤어졌다. 헤어진 건 우리의 의지가 아니었다. 백설이네는 곧 다시 이사를 하기로 되어 있었고, 어차피 전학을 가야 하니 학교는 쉬기로 했다는 것이다. 선생님은 시간이 날 때마다 가끔 들러서, 아무도 들어주지 않았던 그 애의 이야기에 귀를 기울였다. 그리고 그날, 내가 선생님의 역할을 대신했다.

이런 말은 하나 마나지만, 백설이는 나쁜 아이가 아니었다. 엄마가 말없이 집을 나간 이후, 허둥대는 아빠와 함께 새로운 생활에 적응하려다가 실패한, 상처 입고 겁먹은 작은 아이였다. 아홉 살 인생이 수용하기에는 벅찬 일들을 겪었을 뿐이다. 그래서 모든 문을 닫아걸고 스스로를 가두어놓았다. 역시 또 다른 아홉 살짜리들이 이해하기에는 벅찬 일이었다. 그리고 내가 그 애를 미워했던 진짜 이유는, 그 애가 우리와 다르게 행동했기 때문이었다.

백설이도 나도 더 많은 이야기를 하고 싶었기 때문에, 그날은 그 집에서 저녁을 먹었다. 선생님은 엄마한테 전화를 걸어, 집까지 안전하게 데려다주겠다고 약속했다. 나사가 빠진 백설이네 아빠도 허둥지둥 돌아와 함께 밥을 먹었다. 역시 어설퍼 보이긴 해도 좋은 아저씨라고 생각했다. 하지만 백설이네 엄마는 왜 집을 나갔을까. 이런 남편과 이런 아이를 두고. 어른이 되면 그 이유를 알 수 있을까. 선생님과 함께 집으로 돌아오며 그런 생각을 했다.

긴 시간이 흘러 어른이 되었을 때, 나는 알게 되었다. 어른이 되어도 수용할 수 없고 이해할 수 없는 일들이 끝없이 생긴다는 것을. 이유를 알 수 없는 일들이 언제든지 얼마든지 일어나는 게 세상이라는 것을.

"너무 애쓰지 마. 삶은 절절한 허구야."

언젠가 잠이 든 내 머리맡에서 보아뱀은 혼잣말로 그렇게 중얼거렸다. 그때는 몰랐던 말의 의미를 알게 될 때, 심장 깊은 곳에서 차가운 바람이 불어온다. 그 바람이 혈관의 구석구석을 통과할 때, 문득 삶은 절절해진다.

열여섯 번째 이야기 · 황금열쇠

"얼마나 기다려야 하는데?"

열쇠가 맞으면 정말 좋겠다고 아이는 생각했습니다.

'상자 안에는 틀림없이 값진 물건이 들어 있겠지.'

그런데 상자에는 열쇠 구멍이 없었습니다. 아이는 한참을 보다가 겨우 하나를 찾아냈습니다. 어찌나 작은지 거의 보이지 않을 정도였는데, 열쇠를 꺼우니 딱 맞았습니다.

자, 이제 우리는 아이가 열쇠를 돌려서 상자의 뚜껑을 열 때까지 기다려야 합니다. 그러고 나서야 비로소 우리도 상자 안에 얼마나 훌륭한 물건이 들어 있는지 알게 될 테니까요.

_ 그림 형제, 『황금 열쇠』

"뭐야, 이게 끝이야?"

책장을 넘겨보았지만 정말로 그게 끝이었다. 먹고 있던 아이스크림을 빼앗긴 듯 허탈해진 나는 마지막 문장에 시선을 박고 물었다.

"얼마나 기다려야 하는데?"

보아뱀은 무슨 그런 질문을 하느냐는 듯 물끄러미 나를 보다가 마지못해 대답했다.

"그 아이가 열쇠를 돌려 뚜껑을 열 때까지."

"뚜껑을 왜 여는데?"

왠지 뭔가 빗나가고 있다고 느꼈지만 다른 질문은 생각나지 않았다.

"열쇠가 거기 있으니까."

"열쇠는 왜 있는데?"

내 의도와 상관없이, 나는 보아뱀에게 휘말려가고 있었다. 어쩌면 질문에 휘말린 건지도 모르겠다.

"상자가 거기 있으니까."

우리가 그런 싱거운 대화를 나누는 동안, 초여름의 바람이 강을 넘어 산들산들 불어왔다.

보아뱀과 나는 모처럼 밖으로 나왔다. 그해는 봄장마가 길어서 산책이나 할까, 하고 설렁설렁 돌아다닐 수 있는 날이 많지 않았다. 기껏 날씨가 개었을 때도 보아뱀이 내키지 않아 했다. 강이며 바람이며 하늘이며 나무며 눈에 띄는 자연은 무조건 찬양하던 보아뱀이었던지라 그의 변화는 묘하고 불길했다.

"글쎄, 오늘은 그냥 방에서 데굴데굴 굴러다니며 책이나 읽는 게 어떨까. 그러다 졸리면 그대로 잠들어버릴 수도 있고."

밖으로 나가자고 하면 보아뱀은 이유나 핑계도 없이 그런 식으로 둘러쳤다. 하지만 그런 일로 일희일비하지 않기로 했다. 어차피 조금 있으면 여름방학이고, 질릴 때까지 밖에서 놀 수 있을 거라고 잔뜩 믿고 있었기 때문이다.

그런데 그날은 보아뱀이 먼저 나를 부추겼다.

"어두워지기 전에 잠깐 나갔다 오는 게 어때. 그렇게 멍청한 얼굴로 빈둥거리지 말고."

으응, 제대로 듣지도 않고 멍청한 얼굴로 대답한 다음에야 보아뱀이 무슨 소리를 하고 있는지 깨달았다. 다른 때 같았으면 잔뜩 신이 나서 설쳐댔을 일이었다. 하지만 웬일이야 나가자는 소리를 먼저 하고, 신 난다 신 나, 하며 호들갑을 떠는 대신 나는 기계적으로 겉옷 하나를 들고 신발을 신은 다음 밖으로 나왔다. 마음은 줄곧 다른 곳에 가 있었기 때문이다.

"할 말이 있으면 해보지그래."

아무렇지도 않은 척 은근히 나를 떠보는 걸 보니 보아뱀도 내내 신경을 쓰고 있었던 모양이었다. 나를 데리고 밖으로 나온 것도 그 때문이란 걸 나는 뒤늦게 깨달았다.

"어제 무슨 일이 있었던 거지? 친구네 들렀다 온다더니, 싸우기라도 한 거야?"

몹시 곤란해진 나는 더욱 멍청한 얼굴로 보아뱀을 바라보았다. 얘기를 하고 싶어 죽을 지경이었지만, 친구와 손가락을 걸고 약속을 했다. 비밀을 지키기로.

나랑 그리 친한 친구는 아니었다. 집이 같은 방향이어서 가끔 학교에 가다가 마주친 적이 있었고, 드물게 같이 하교한 적도 있긴 했다. 제대로 된 이야기를 나눈 적은 한 번도 없었다. 등교 때는 빨리 걸어가지 않으면 지각을 할 수도 있기 때문에 태평스럽게 수다를 피울 처지가 아니다. 돌아올 때는 여유가 있지만 나는 늘 짝꿍과 함께여서 그 친구는 한 걸음쯤 뒤처져 걸어오다가 갈림길에 도착하면 안녕, 하고 인사를 하는 정도였다. 그래서 그 친구가 안녕이라는 말 대신 우리 집에 같이 가지 않을래, 라고 했을 때는 정말로 깜짝 놀랐다. 그 말을 들은 나도, 옆에 있던 짝꿍도 어안이 벙벙한 얼굴을 했지만 계속 그런 얼굴을 하고 있을 수는 없었다. 그 친구 입장에서는 마음이 상할 수도 있으니까.

친구는 내 눈을 똑바로 바라보며 서 있었다. 내가 초대를 한 건 너 한 사람이야, 하고 못을 박는 것처럼. 내 짝꿍은 착하고 다정한 아이였기 때문에 어른스럽게 어깨를 으쓱하고 활짝 웃으며 안녕, 내일 봐, 인사만 남겨놓고 총총총 멀어졌다. 그러자 친구는 내 팔을 가볍게 잡아끌고 자기 집 방향으로 걷기 시작했다. 오늘은 수업이 일찍 끝났으니까 한 시간 정도는 괜찮겠지. 속으로 생각하며 친구를 따라갔다.

친구네 집은 아파트였다. 엘리베이터를 타고 9층까지 올라가서 어느 문 앞에 멈췄을 때, 나는 가방의 어깨끈을 바로 하고 두 손을 맞잡았다. 친구의 엄마가 나오시면 안녕하세요, 하고 예의 바르게 인사할 준비를 한 것이다. 하지만 친구는 벨을 누르는 대신 가방을 뒤져 열쇠를 꺼내더니 익숙한 동작으로 찰칵, 문을 열었다. 친구의 뒤를 따라 조심스럽게 안으로 들어갔는데 인기척은 나지 않았다.

"아무도 없어?"

"응."

간결한 대답이 돌아왔다. 친구가 냉장고를 열어 유리병에 든 주스 두 개를 꺼내는 동안, 나는 주위를 둘러보았다. 방이 네 개나 다섯 개쯤은 될 것 같은 커다란 아파트였다. 몇 식구나 사는 걸까. 다들 어디에 간 걸까. 특별히 이상하게 보이는 건 없었지만 뭔가 부자연스러운 것이 있었다. 그게 뭘까, 생각해보았지만 금세 알아차릴 수가 없었다. 동그랗고 단단한 열매 같은 것이 굴러오다가 어딘가에 걸려서 생각의 흐름을 막고 있는 것 같았다. 그때 친구가 냉장고 문을 탁, 닫았고 나는 위화감의 정체를 깨달았다. 친구의 집에는 소리가 없었다. 마치 깊은 물속에 잠겨 있는 것처럼 고요했다. 냉장고 문이 닫히는 소리가 소리의 부재를 깨우쳐주었던 것이다.

"정말 조용하네."

무의식적으로 고요에 저항하며 소리 내어 말했지만, 내 목소리는 아무 데도 닿지 못한 채 공중에서 증발해버렸다.

"내 방으로 가자."

혼자 문을 열고, 냉장고에서 친구에게 대접할 주스를 꺼내고, 자기 방으로 안내하는 친구가 왠지 어른 같다고 생각했다. 친구의 방은 내 방과 분위기가 완전히 달랐다. 꽃이나 과일 무늬가 프린트된 분홍색 커튼도 없었고, 공주 드레스를 입은 인형도 없었고, 헤어핀과 방울과 머리띠가 담긴 바구니도 없었다. 그러고 보니 친구는 언제나 어깨에 닿을락 말락 하는 단발머리를 하고 있었고, 핀을 꽂고 있는 걸 본 적도 없었다. 아홉 살짜리 여자아이의 방은 책으로 가득했다. 한쪽 벽면은 책장이었고 그 맞은편 벽쪽으로 침대가 있었다. 그 사이에 웅크리듯 놓인 책상은 깔끔하게 정돈되어 있다. 책상 위에 달린 창문에서 오후의 햇빛이 주춤거리며 스며들었다.

우리는 침대 위에 나란히 걸터앉아 홀짝홀짝 주스를 마셨다. 친구가 아무 말도 하지 않아 몇 가지 화젯거리를 떠올려보았지만, 어떤 이야기도 그 공간에서는 어울릴 것 같지가 않았다. 그래

서 멍하니 책들을 보고 있었다. 내가 주로 보는 동화책이 아니라 어른들이 보는 책이 많았다. 무심코 질문이 튀어나왔다.

"저 책들, 네가 보는 거야?"

"너한테 비밀을 얘기하고 싶어."

둘이 동시에 그렇게 말을 해서, 친구가 한 말을 제대로 듣지 못했다. 다시 얘기해줘, 라는 의미로 나는 고개를 돌려 친구를 바라보았다. 하지만 친구는 나와 시선을 맞추지 않은 채, 조금 전까지 주스가 담겨 있던 빈 유리병을 보고 있었다.

"대단해. 책이 엄청 많아."

"비밀, 지켜줄 수 있지?"

또 한 번 동시에 말을 해버렸지만, 이번에는 친구가 한 말이 내 귀에 닿았다. 비밀, 이라는 단어는 내 귀를 통과하여 천천히 마음에 스며들었다.

그 무렵, 아이들이 열중하던 놀이 중에 '비밀 나누기'라는 게 있었다. '너는 나의 제일 친한 친구, 나는 너의 제일 친한 친구'라는 것을 확인하기 위한 일종의 의식 같은 것이다. 그래 봤자 둘이 이마를 맞대고 아무한테도 하지 않았던 이야기를 하나씩 하는 것뿐이다. 그다음에 손가락을 거는 대신 손바닥을 맞대고 비밀을 반드시 지키겠다는 맹세를 한다. 굳이 '비밀 나누기' 같은 이름을 붙이지 않아도 친한 아이들끼리는 별의별 얘기를 다 하는 거잖아, 하고 나는 꽤 냉정한 말을 한 적이 있다. 그 말을 들은 짝꿍은 상처 입은 표정을 지었지만 곧 웃어버렸다. 나는 짝꿍에게 우리도 그런 걸 하면 좋겠느냐고 묻지 않았고, 짝꿍도 그런 걸 하자고 조르지 않았다. 그래서 우리는 '비밀 나누기'를 하지 않은 흔치 않은 여자아이들이 되었다. 물론 남자아이들은 그런 데 관심이 없었다. 그 애들은 하루 종일 소리만 질러댄다.

나와 비밀 나누기를 하고 싶은 건가. 그 정도로 친한 사이는 아닌 것 같은데. 그럼 나도 비밀을 얘기해야 하는 걸까. 별로 그러고 싶지 않은데. 내가 그런 생각을 하고 있는 동안, 친구의 표정이 점점 굳어져 갔다. 어쩔 수 없지, 나는 한숨을 쉬고 친구와 이마를 맞대기 위해 몸의 방향을 틀었다. 하지만 친구는 눈을 꼭 감은 채 숨만 쉬고 있었다. 들이쉬고, 내쉬고, 들이쉬고, 내쉬고… 친구의 입술이 조금씩 벌어지나 싶더니 한꺼번에 말이 쏟아져 나왔다.

"나는 별에서 왔어. 여기, 그러니까 지구에 오기 전에, 나는 별에 있었어. 아주 멀리 있는 별이야. 이름은 알려주고 싶지 않아. 나랑 내 동생, 우리 식구 중에 그렇게 둘만. 부모님이랑 언니는 아니야. 내 동생은 나보다 더 늦게 왔기 때문에, 기억이 좀 더 확실해. 나는 점점 잊어버리고 있는데. 이러다가는 완전히 까먹을지도 몰라. 그래서 너한테 얘기해두는 거야. 하지만 아무한테도 말하면 안 돼. 내가 별에서 왔다는 건, 진짜로 비밀이야."

뭐라고? 그게 정말이야? 같은 호들갑스러운 반응은 하지 않았다. 그다지 호들갑을 떨 일은 아니라고 생각했기 때문이다. 나의 그런 성격이 친구로 하여금 비밀을 털어놓게 만들었을지도 모른다. 아, 그랬구나, 별에서 왔구나, 가족 중 동생이랑 너랑 둘만 그렇단 말이지, 하는 정도의 말을 중얼중얼했을 뿐이다. 그러자 친구는 왠지 개운하고 산뜻한 얼굴이 되어 "응, 그러니까 난 외계인이야" 하고 말했다. 다행히 나도 비밀을 하나 말해야 한다고 강요하진 않았다. 아무에게도 얘기하지 않겠다는 단단한 약속만 되풀이하고, 나는 집으로 돌아왔다. 어쩐지 가방이 무거워진 것 같아 어깨를 축 늘어뜨리고 신발을 질질 끌면서.

나는 친구의 비밀을 일주일 동안 간직했다. 비밀은 마음속에 버젓이 자리를 잡고 가끔 날개를 파닥거렸다. 왜 자기를 이런 곳에 처박아두는 거냐는 둥, 여긴 너무 좁다는 둥, 얼른 꺼내달라는 둥, 꿍얼거리고 투덜거렸다. 그 비밀이 대단한 거냐, 시원찮은 거냐는 중요하지 않았다. 그것이 진실인지 거짓말인지도, 내가 그걸 믿는지 믿지 않는지도 상관이 없었다. 누군가의 비밀을 지킨다는 건 내 것이 아닌 물건을 보관하고 있는 일이다. 꺼내어 쓸 수도 없고 누구에게 보여줄 수도 없고 마음대로 버릴 수도 없다.

그렇다고 주인에게 되돌려줄 방법도 없다. 자칫하면 한마디로 애물단지가 되어버린다.

눈치 빠른 보아뱀이 뭘 숨기고 있는 거냐고 몇 번인가 묻기도 했다. 그때마다 그걸 털어놓고 가벼워지고 싶었지만, 나는 입을 꼭 다물고 꾹 참았다. 그런데 사태는 예기치 않은 방향으로 흘러갔다.

몇몇 아이들이 그 친구의 얼굴을 힐끔거리며 귓속말을 주고받을 때도, 딱히 이상하다는 기미를 알아차리지 못했다. 하지만 소문은 금세 퍼졌고, 마침내 내 귀에까지 들어왔다.

"자기가 외계인이라는 거야. 무슨 별에서 왔다면서."

집으로 돌아가는 길에, 짝꿍이 말해줬다. 나는 화들짝 놀라 입 안에서 굴리고 있던 사탕을 삼킬 뻔했다.

"누가 그래?"

"다들 알아. 너만 모르고 있는 거 같아서."

짝꿍은 살짝 내 눈치를 보고 끝이 흐려지는 말을 덧붙였다.

"그날…."

"그래, 그날."

문제의 '그날'이 나 혼자 그 친구네 집에 간 날이라는 건 굳이 맞춰보지 않아도 서로 알고 있었다. 어쩔 수 없이 '그날' 내가 들었던 이야기를 짝꿍에게 해주었다. 모두들 알고 있다면 더 이상 비밀도 아니고, 지켜줄 이유도 없다.

"그런 식으로 몇 명한테 얘기했을까?"

짝꿍이 걱정스럽다는 듯 말했다.

"왜 그랬을까?"

내 목소리에는 짜증이 묻어 있었다.

"그런 소리를 여러 명한테 해서 좋을 게 뭐가 있다고."

"친해지고 싶었을 거야."

짝꿍이 말했다. 나는 잠자코 고개를 끄덕였다. 비밀을 공유하면 친밀해진다. 그 정도는 아홉 살짜리도 알고 있는 사실이다. '비밀 나누기'라는 놀이가 유행하고 있는 것도 그런 이유 때문일 것이다. 하지만 자신의 정체가 외계인이라는 비밀을 곧이곧대로 받아들이고 소중하게 지켜줄 아이가 얼마나 될까.

"아이들은 뭐래?"

내 말에, 짝은 한숨을 폭 쉬고 말했다.

"바보 아냐, 라고."

"누가 바보라는 건데?"

갑자기 등 뒤에서 들린 목소리 때문에 짝꿍과 나는 기겁을 하고 그 자리에서 얼음이 되었다. 이번에는 사탕을 제대로 꿀꺽 삼켜버렸다. 하지만 그사이에 사탕이 작아져 있어서 목이 막히진 않았다. 그 친구는 성큼성큼 우리 앞으로 걸어와 나를 빤히 바라보고 날이 선 목소리로 말했다.

"왜 비밀을 지켜주지 않은 거야?"

목이 막히는 대신 말문이 막혔다. 화가 나는 게 아니라 어처구니가 없었다. 할 말을 잃은 나를 대신해서 짝꿍이 나섰다.

"무슨 소릴 하는 거야? 얘는 아무 잘못도 없어. 나한테도 얘기하지 않았는걸."

"그럼 다른 애한테 했겠지."

확신에 찬 목소리로 그 친구는 받아쳤다.

"안 그러면 소문이 날 수가 없어. 난 너한테만 얘기했어. 그렇게 약속을 해놓고, 정말 너무해."

여전히 굳어 있는 나를 경멸과 원망이 마구 뒤섞인 눈빛으로 쏘아본 다음, 그 친구는 또박또박 걸어가버렸다. 그 애의 뒷모습이 가물가물할 무렵에야 입이 떨어졌다.

"내가 안 그랬어…."

짝꿍이 말했다.

"알아…."

그날 저녁부터 열이 났다. 그래서 보아뱀은 차가운 꼬리를 내이마에 올려놓고 줄곧 옆에 붙어 있었다. 그 덕분인지, 한밤중에잠에서 깨어났을 때는 열이 내려가 있었다. 내가 꼼지락거리며 이불을 차내자 보아뱀은 감고 있던 눈을 천천히 뜨고 나를 살펴보았다.

"다 아팠어?"

아니, 하고 나는 대답했다.

"아직 좀, 더 아프고 싶어."

"학교 가기 싫은 거군."

보아뱀은 정곡을 찔렀다. 히잉, 하고 칭얼거리며 나는 이불을 코끝까지 끌어올렸다.

"자던 애한테 이런 걸 물어서 미안한데,"

보아뱀이 스르르 고개를 들었다.

"계속 궁금했거든. 너는 왜 비밀 나누기 놀이가 싫은 거야?"

"비밀을 나누는 게 싫은 건 아니야."

이불을 끌어내리고, 천장을 올려다보며 나는 생각을 골랐다.

"그게 놀이가 되는 게 싫은 거지."

흠, 하고 보아뱀이 추임새를 집어넣었다.

"내가 하나 말했으니까 너도 하나 말해. 그런 건 왠지, 무슨 의무 같잖아. 내 비밀을 듣고 싶어 한다면 말해줄 수는 있어. 하지만 난 다른 사람의 비밀을 함부로 듣고 싶지 않아. 그러니까 이런 일이 생기는 거야. 내가 원하지도 않았는데 나한테 비밀을 말하더니 그걸 지키라고 하고. 그래서 지켜줬더니 나더러 떠들고 다

넜다고 하고."

말을 하다 보니 갑자기 억울함이 몰려와서 벌떡 일어나 앉았다.

"누가 그딴 걸 얘기해달라고 그랬냐고! 정말로 자기가 외계인이라면 범인이 내가 아니란 것쯤은 알아야 할 거 아냐!"

보아뱀이 갑자기 웃음을 터뜨리는 바람에 나는 맥이 풀려 도로 풀썩 누워버렸다. 그러고도 한마디를 더 했다.

"나랑 친한 애였다면 억울하지도 않아."

"만약에 말이야,"

보아뱀이 말했다.

"이다음에 또 그런 일이 생기면 어떻게 할 거야?"

"비밀 따위는 절대로 말하지 말라고 할 거야. 그래도 우겨서 얘기하면, 홀라당 다 불어버릴 거야."

보아뱀이 다시 웃었다. 이번에는 낮고 차분한 웃음이었다.

"너는 비밀을 지키는 아이지. 그래서 힘든 일도 있는 거야."

나는 고개를 갸웃거렸다.

"가까운 사이끼리는 뭐든 다 얘기를 하고 싶어지겠지. 어려운 이야기일수록 누군가 들어주기를 바라는 거고. 혼자 품고 있기에는 너무 벅찬 일들이 있어. 그런데 관계라는 건 변하게 마련이지. 딱히 문제는 없는데 멀어지기도 하고, 다정하게 지내다가 미워하며 헤어지기도 하는 거야. 그러면 비밀을 털어놓은 상대는 불안해지겠지. 다른 사람한테 말해버릴지도 모른다고 의심하고, 틀림없이 말했을 거라고 확신하고, 그 친구처럼 화를 내기도 할 거야. 그래도 너는 비밀을 지키겠지."

신뢰를 받고 있구나, 하는 생각이 초여름의 바람처럼 부드럽게 나를 휘감았다. 나는 이불을 뒤집어쓰고 슬며시 미소를 지었다.

"상자 얘기 기억나?"

보아뱀의 질문에, 나는 이불 안에서 고개를 끄덕였다.

"너는 상자 안에 무엇이 들어 있느냐고 묻지 않았어. 얼마나 기다려야 하는 거냐고 물었지. 그건 네가 기다릴 준비가 되어 있다는 거고, 상대가 보여주기 전까지는 알려고 하지 않겠다는 마음을 먹은 거야. 그런 사람들은 누군가가 털어놓은 비밀을 함부로 대하지 않아. 그건 가치 있는 일이야. 앞으로도 그런 일들이 일어날 테고, 너를 오해하고 화내는 사람을 또 만나기도 하겠지. 하지만 너를 끝까지 믿어주는 사람이 훨씬 많이 생길 거야."

왠지 쑥스러워진 나는 아무런 대답도 하지 않았다.

"뭐야, 기껏 칭찬을 해주고 있는데 자는 척이나 하고. 열은 다 내렸나?"

보아뱀은 살짝 이불을 걷고 내 이마에 꼬리를 대보았다.

"괜찮은 것 같은데. 학교 갈 거야?"

응. 나는 조그맣게 대답하고 그대로 사르르 잠이 들었다.

"지구가 둥글다는 걸 어떻게 알고 있지?"

마침내 공고문이 나붙자, 자신이 공주라고 말하는 아가씨들이 줄지어 지원했습니다. 매일처럼 한 명씩 찾아왔는데, 몇 가지만 물어봐도 공주가 아닌 게 밝혀져서 돌려보내야 했습니다. 왕자가 말했습니다.

"이러다가는 아내를 얻을 수 없을 것 같아요."

"아들아, 마음 놓으렴. 공주는 틀림없이 나타날 거야. 때때로 행운은 문앞에 서 있으니 우리는 그 문을 열어주기만 하면 돼."

왕비가 말했습니다. 그 말이 맞았습니다.

_ 그림 형제, 『완두콩 공주』

"뭐랄까, 여태까지 읽은 거 중에서 제일 이상한 이야기야."

한 손으로 턱을 받친 채 비딱한 시선으로 책을 내려다보며 내가 말했다. 하지만 보아뱀은 아무런 대답도 하지 않았다. 고개를 드니 내게 등을 돌린 채 무언가를 빤히 바라보고 있는 그의 뒷모습이 눈에 들어왔다. 기분 탓이었을까, 보아뱀이 어쩐지 줄어든 것 같아, 하는 생각이 몽글거리며 솟아올랐다. 살이 빠진 걸까, 키가 작아진 걸까. 아니야, 그럴 리가 없지. 나는 머리를 흔들며 어수선한 잡념을 떨쳐냈다. 그냥 내 눈에 완전히 익숙해졌기 때문일 거야, 하고 넘어가버렸다.

"뭘 그렇게 보고 있는 거야?"

그래도 개운치 않은 기분이 남아서, 눈치를 보는 목소리가 되었다. 보아뱀이 슬쩍 몸을 비키자 조그마한 화분 하나가 모습을 드러냈다. 이제 막 흙을 비집고 올라온 초록색 싹 하나가 햇살에 반짝반짝 빛나고 있었다. 여름방학이었고, 창밖에서는 작은 아이들의 노는 소리가 들려왔다.

"이거, 콩이라고 그랬던가?"

여름방학 숙제 중에, 식물을 키우며 관찰일기를 쓰는 것이 있었다.

"무엇이든 좋으니까 씨앗을 심도록 하세요. 화분이 없는 사람은 플라스틱이나 나무로 만든 통을 사용해도 괜찮아요. 물이 빠져나가도록 바닥에 구멍을 뚫어주는 걸 잊지 않도록 해요."

선생님은 그렇게 말했고, 짝꿍과 나는 머리를 맞대고 고민하다가 완두콩을 심기로 결정했다. 쪼글쪼글한 초록색 완두콩 네 알은 외할머니가 보내주셨다. 사이좋게 두 알씩 나눠서, 화분에 흙을 담고, 씨앗을 집어넣고, 물을 주었다. 그게 일주일 전이었다.

"싹이 텄네!"

내가 화분을 집어 삼킬 듯 달려드는 바람에 보아뱀이 흠칫, 뒤로 물러났다.

"응, 콩이야, 완두콩."

전날까지 아무런 조짐도 없었는데, 두 개의 씨앗에서 두 개의 싹이 불쑥 올라와 있었다. 잎을 여섯 장씩 매달고, 이렇게 갑자기 모습을 드러내서 미안하다는 듯 초록색 미소를 짓고 있었다. 마침 『완두콩 공주』라는 이야기를 읽던 참이었다. 가끔 이렇게 멋진 우연이 일어난다. 거대하고 정교한 우주의 톱니바퀴가 경쾌한 소리를 내며 찰칵, 맞물리는 느낌이다.

나는 관찰일기 노트를 꺼내어 뿌듯한 마음으로 기록을 시작했다. 지난 일주일 동안은 쓸 이야기가 없었기 때문에 슬슬 지루해지던 참이었다. '오늘은 물을 주었다'는 말을 일곱 번이나 쓰고 나면 아이들의 인내심은 바닥이 나는 법이니까. 연필을 꾹꾹 눌러 '오늘은 싹이 텄다'라고 쓰고 열두 장의 잎을 그려넣은 다음에도, 보아뱀은 여전히 화분에서 눈을 떼지 않고 있었다. 그래서 나도 보아뱀 곁으로 가 나란히 앉았다. 아무리 봐도 싫증이 나지 않을 것 같은, 기특하고 신기한 싹이었다.

"꼬마야, 너는,"

보아뱀이 천천히 입을 열었다.

"이 싹에서 콩이 나온다는 걸 어떻게 알고 있는 거야?"

이상한 질문을 한다고 생각했다. 나는 그때 이미 '콩 심은 데 콩 난다'는 말을 알고 있었지만, 그런 대답을 원하는 건 아닌 것 같았다. 그래서 고개를 갸우뚱하고 잎들을 보고 있자니 점점 묘한 생각이 들었다. 그 잎들이 열두 개의 물음표처럼 여겨졌다.

"어떻게 알지?"

나는 중얼거렸다.

"씨앗에서 싹이 튼다는 걸, 싹이 자라서 꽃이 핀다는 걸, 꽃이 지면 열매가 맺힌다는 걸, 나는 어떻게 알고 있지?"

보아뱀은 대답하지 않았다.

"하지만 너무 뻔한 사실이잖아. 지구가 둥근 것처럼."

여전히 반응이 없었기 때문에, 내 말의 꼬리를 잡고 흔들어보았다. 정말로 이상한 생각이 든 건 그때였다.

"그런데 난 어떻게 알고 있지? 지구가 둥글다는 걸?"

동그란 지구가 태양의 주위를 돌고 있다는 것이 뻔한 사실인 시대에 나는 태어났다. '지구는 둥그니까 자꾸 걸어나가면 온 세상 어린이를 다 만나고 오겠네'라는 노래를 학교에 들어가기 전부터 빽빽거리며 불렀다. 그렇게 뻔한 사실이 뻔하지 않았던 때가 있었다.

"옛날 사람들은 해가 서쪽으로 넘어가서 그 아래로 빠져버린다고 생각했대."

백과사전을 펼쳐들고, 나는 감탄했다.

"그래서 서쪽 끝은 엄청나게 뜨거울 거라고 믿었대."

그런 이유로, 그 사람들은 자신이 살고 있는 곳에서 멀리 떨어진 곳으로는 가지 않았다. 눈길이 미치지 않는 저 먼 곳에는 낭떠러지가 있으니까. 그대로 굴러떨어질 게 뻔했으니까. 하지만 몇몇 사람들은 그런 생각에 의심을 품었다. 그들은 왜 북쪽으로 올라갈수록 북극성이 점점 멀어지는지, 왜 배가 항구로 돌아올 때 돛대부터 보이기 시작하는지 궁금했다. 달의 표면이 지구의 일부에 가려지는 월식 현상도 수상쩍었다.

기원전 200년 전후에, 수학자 에라토스테네스가 지구는 둥글다는 전제로 지구의 둘레를 측정했다. 그로부터 천구백 년쯤 지나, 천문학자 장 리셰가 프랑스 왕의 명령을 받고 지구가 정말 둥근지 알아보기 위한 탐험에 나섰다. 그런데 에라토스테네스보다 삼백 년쯤 전에 태어났다 죽은 피타고라스도 지구는 둥글다고 믿었다.

'피타고라스Pythagoras, BC 582~BC 497는 '물체의 가장 완전한 형태는 구球다'라는 철학적 근거에 의해 지구가 둥글 것이라고

생각했다고 한다.'

백과사전에는 그렇게 나와 있었다.

"구라는 건 공처럼 동그란 거지?"

화분에 심은 씨앗에서 콩이 나온다는 걸 어떻게 알고 있느냐고 물은 이후로, 보아뱀은 입을 다물고 있었다. 몇 번인가 고개를 돌려 시선을 맞추려고 해보았지만, 내내 눈을 감고 있었다. 어디가 아프거나 기분이 안 좋아 보이진 않으니까, 그냥 조용히 있고 싶은 걸 거야, 나도 더 이상 천방지축 꼬마애가 아니니까 귀찮게 굴지 말아야지, 내 질문에 대답 없는 보아뱀을 그렇게 이해하기로 하고 나는 백과사전에 코를 박았다.

"물체의 가장 완전한 형태."

보아뱀이 낮게 가라앉은 목소리로 그렇게 말했을 때, 나는 '그래도 지구는 둥글다'고 했던 갈릴레이의 이야기를 읽고 있었다.

"응? 아, 공처럼 동그란 모양. 그러고 보니까 콩도 그런 모양이네."

내 말에 보아뱀은 고개를 스르르 들고 다정한 목소리로 물었다.

"그래, 뭐가 그렇게 이상하다는 거야?"

'옛날에 어떤 왕에게 외동아들이 있었습니다. 아들은 결혼을 하고 싶어서 아버지에게 아내를 구해달라고 부탁했습니다.'

이야기는 이렇게 시작된다. 그러자 왕은 '결혼하는 건 좋은데 공주가 아니면 안 된다'는 조건을 건다. 그래서 '왕자의 신부가 될 공주를 찾는다'는 공고문이 사방팔방에 나붙게 된다. 그것을 보고 많은 소녀들이 지원을 했지만, 공주가 아니라는 이유로 돌려보내진다. 그런데 폭풍우가 휘몰아치는 어느 밤, 초라한 행색의 소녀가 수행원도 없이 찾아와 자신이 공주라고 우긴다. 그러자 왕비는 '내가 시험해보면 진짜 공주인지 아닌지 알 수 있다'고 하며 소녀를 하룻밤 묵게 한다.

왕비는 매트리스를 깔고 완두콩 세 알을 올려놓았다. 위쪽에 한 알, 가운데에 한 알, 그리고 아래쪽에 한 알. 그 위에 다시 부드러운 매트리스를 여섯 개나 올리고 폭신한 천과 솜털 이불을 깔았다. 왕비는 소녀를 침실로 안내하고 잘 자라는 인사를 건넸다. 다음 날 아침, 날이 새자마자 왕비는 소녀의 침실을 찾아갔다. 깊은 잠에 빠져 있을 줄 알았던 소녀는 부스스한 얼굴을 하고 깨어 있었다. 잠자리가 불편했느냐고 왕비가 묻자, 소녀는 한숨도 자지 못했다며 불평을 쏟아놓았다.

"이런 침대에서 자본 적은 한 번도 없어요. 머리끝부터 발끝까지 어찌나 딱딱한지, 완두콩들 위에 누워 있는 것 같았어요."

그러자 왕비는 '그대는 진짜 공주로구나'라며 옷과 보석으로 치장시켜 그날 당장 결혼식을 올리게 했다는 것이다.

"다 이상하지만 아주 이상한 게 세 가지가 있어."

나는 잔뜩 신이 난 목소리로 그렇게 말하고 손가락 세 개를 씩 씩하게 치켜들었다. 이유는 알 수 없었지만 왠지 나라도 힘을 내 야 할 것 같았다.

"첫째, 어째서 공주하고 결혼해야 한다는 게 조건인 거야? 둘째, 완두콩 위에 매트리스를 여섯 개나 깔았는데 어떻게 딱딱할 수가 있어? 셋째, 그런 침대에서 자고 나서도 불평을 늘어놓는 사 람이랑 결혼하면 행복해?"

"푸하하하하하하하푸르르르르르푸하하하핫."

보아뱀이 큰 소리로 웃음을 터뜨리는 통에 깜짝 놀란 나는 의 자에서 벌떡 일어날 뻔했다.

"뭐야, 놀랐잖아! 왜 갑자기 웃고 그래? 내 말이 틀렸어?"

"푸르르르르하핫, 아니아니, 맞아, 네 말이 다 맞아."

하지만 난 보아뱀에게 인정받은 것을 순순히 기뻐할 수가 없어 서 목소리를 높였다.

"왕자니까 공주하고 결혼하는 거다, 그걸 받아들이지 않으면 이야기가 다음으로 나갈 수 없다, 시험에 통과했으니 결혼하는 게 당연하다, 그러고 나서 행복하게 살았는지 어쨌는지는 알 바 아니다, 그리고 완두콩에는 좀 더 복잡한 의미가 있다, 어쩌고저 쩌고, 왜 그런 소리를 하지 않는 거야?"

보아뱀은 웃음기를 걷고 터무니없이 진지한 기색으로 나를 바라보았다.

"꼬마야, 많은 것을 스스로 생각하게 되었구나. 무턱대고 질문만 하는 게 아니라, 몇 번이나 생각을 되풀이해보고, 답을 가늠해보지. 답에는 여러 가지가 있다는 것도, 세상에는 정답이 없다는 것도 알고 있어. 그러니까 네 말은 언제나 옳아. 네가 하는 모든 질문이 옳은 것처럼, 네가 찾아낸 모든 대답도 옳은 거야."

나는 쑥스러움도 잊어버린 채, 입을 헤 벌리고 눈을 동그랗게 떴다.

"너는,"

보아뱀은 무슨 결심이라도 한 것처럼 입매에 힘을 주고 말을 이었다.

"어디로든 튈 수 있는 공처럼 둥글고 말랑말랑해. 불순물은 한 방울도 섞이지 않은 순수한 질문으로 무장하고 본질을 향해 덤비지. 너의 모든 문은 이미 세상을 향해 완전히 열려 있어. 구가 물질의 완전한 형태라면, 너는 생명의 완전한 형태야. 나는 그런 네가 자랑스럽고, 너의 친구가 된 것이 고맙구나."

누군가에게 고맙다는 말을 들으면, 누군가와 함께했던 모든 시간이 한꺼번에 닥쳐온다. 보아뱀의 표정이 묘하게 일그러졌는데, 아마 내 얼굴도 그랬을 것이다. 우리는 마치 낭떠러지에 서 있는 아이들 같다고, 나는 생각했다. 지구가 거대하고 편편한 돌 같은 건 줄 알았던 사람들처럼, 그 끝까지 가면 그대로 굴러떨어질 거라고 믿었던 사람들처럼, 보이지 않는 곳에 있는 알 수 없는 세계를 두려워하고 있었다. 엄청나게 뜨거운 태양 같은 것이 그곳에 숨어 있다가, 우리를 통째로 삼켜버릴 것만 같았다. 공처럼 말랑말랑한 나도, 코끼리를 한입에 삼키는 보아뱀도, 그걸 피할 수는 없을 것 같았다. 뻔한 사실도 한때는 뻔하지 않았다. 그렇다면 지금은 뻔하지 않은 사실이, 언젠가 뻔해지기도 할 것이다. 한때 영원이었던 것들이 사라지는 일도 일어날 것이다.

"나를 데려다줬으면 좋겠는데."

다시 콩의 싹에 눈길을 준 채, 보아뱀이 선언하듯 말했다. 무슨 말이야, 하고 나는 묻지 않았다. 모른다고 부정하고 싶었지만 사실은 알고 있었다.

"응."

나는 명랑하게 대답했다.

"다음 주에 가자. 외갓집으로."

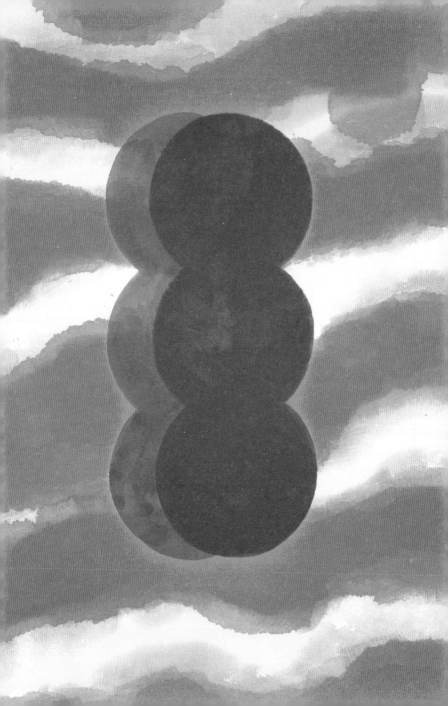

열여덟 번째 이야기 · 무덤

"왜 나를 잡아먹지 않았어?"

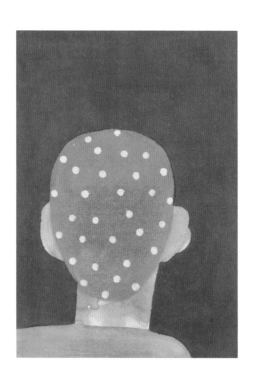

가난한 남자가 부자에게 말했습니다.

"남에게 함부로 베푸는 분이 아니란 것은 알고 있습니다. 하지만 너무나 절박해서 찾아왔습니다. 아이들이 굶고 있으니 곡식 네 가마니만 빌려주십시오."

부자는 한참 동안 남자를 바라보았습니다. 처음으로 온정의 햇살이 비치자, 얼음 같던 마음이 녹기 시작했습니다. 부자가 입을 열었습니다.

"네 가마니가 아니라 여덟 가마니를 그냥 선물로 주겠네. 대신, 한 가지 조건이 있네."

"무엇입니까?" 가난한 남자가 물었습니다.

"내가 죽으면 사흘 동안 내 무덤을 지켜주게."

_ 그림 형제, 『무덤』

엄청나게 부자인 농부가 어느 날 자신의 소유물인 곡식과 가축, 금고에 쌓아둔 돈을 둘러보며 흐뭇해하고 있는데 어디선가 문을 두드리는 소리가 났다. '방문이 아니라 마음의 문을 두드리는 소리'였다. 그가 문을 열자 목소리가 들렸다.

"네가 가진 재산으로 네 식구를 기쁘게 해준 적이 있느냐? 가난한 이들의 어려움을 생각하거나 굶주린 이들에게 빵을 나누어 준 적이 있느냐? 지금으로 만족하느냐, 아니면 더 많은 것을 바라느냐?"

그러자 그의 심장이 대답했다. 나는 모질고 인정이 없어서 가족과 가난한 사람을 돌보지 않았다고, 재산이 아무리 많아도 만족하지 못한다고. 자신이 내뱉은 대답에 놀란 부자가 벌벌 떨고 있는데, 이번에는 방문을 두드리는 소리가 났다. 이웃에 사는 가난한 남자였다. 부자의 심성을 익히 알고 있었지만, 혹시나 하고 찾아온 거였다. 양심의 소리에 겁을 먹은 부자는 가난한 남자에게 곡식을 나눠주었다. 자신이 죽고 나면 사흘 동안 무덤을 지켜달라는 것이 조건이었다. 그리고 사흘 후, 부자는 세상을 떠나버렸다.

'왜 하필 이런 이야기인 거야.'

입술을 깨물고 나는 생각했다. 울면 안 돼, 애들이 우는 건 딱 질색이라고 보아뱀이 그랬잖아. 하지만 그건 우리 둘이 함께 읽는 마지막 이야기였다. 그런데 시작부터 대뜸 누가 죽어버렸다. 그렇지 않아도 불안한 마음이 갈팡질팡 흐트러지고 우물 바닥에서 물기가 배어 나오듯 눈가로 눈물이 번졌다. 나는 주먹으로 눈을 비비는 척하면서 그것을 닦아냈다.

다행히 창고는 그다지 밝지 않아서, 들키지는 않은 것 같았다. 보아뱀은 한쪽 구석에 조그맣게 똬리를 틀고 가만히 앉아 있었다. 규칙적인 그의 들숨소리와 날숨소리가 낮게 고여 있던 대기를 타고 내 쪽으로 흘러왔다.

엄마와 내가 외갓집에 도착한 건 전날 오후였다. 나는 손때가 묻은 『어린왕자』를 배낭 안에 넣어왔지만, 곧바로 창고로 가진 않았다. 오랫동안 생각했고 이미 마음의 결정도 내렸지만, 미룰 수 있다면 잠시라도 미루고 싶었다. 그래서 그날은 외갓집 식구들과 다 같이 저녁을 먹고, 일찍 잠자리에 들었다. 물론 잠은 오지 않았다. 그 대신 한 해 전 초여름, 보아뱀을 처음 만났을 때의 기억이 회오리바람처럼 맴돌아 나의 작은 마음을 온통 헤집어놓았다.

그가 코끼리를 다 소화시킬 때까지 반년을 기다렸지, 나는 생각했다. 그리고 초겨울에 다시 만났어, 그때 그의 트림소리는 정말 굉장했는데. 옆에서 자고 있는 엄마를 깨우지 않으려고 이불을 뒤집어쓴 채, 나는 쿡쿡 웃었다. 겨울이 지나고, 봄이 지나고, 다시 여름이 돌아왔다. 애써 모르는 척하고 있었지만, 보아뱀은 나날이 약해졌다. 일 년이 넘도록 제대로 된 식사를 한 적이 없으니, 당연한 일이다. 그 전에 먹은 것이 코끼리 한 마리라고 해도,

살아 있는 존재는 지속적으로 무언가를 먹어야만 생명을 유지할 수 있다. 꽃도 아니고 나무도 아니고, 햇빛과 바람만으로 살아낼 수는 없다. 하물며 동화 속에 나오는 이야기 같은 건 아무런 도움도 안 된다.

"나를 데려다줬으면 좋겠는데."

보아뱀은 그렇게 말했다. 그래서 나는 그를 데리고 왔다. 우리가 처음 만났던 외갓집 창고로. 절대로 울지 않겠다는 다짐을 보물처럼 끌어안고.

흔들리는 목소리를 삼키기 위해 눈을 감고 숨을 골랐다. 나의 호흡소리와 보아뱀의 숨소리가 조금씩 엇갈리다가, 차츰차츰 하나로 겹쳐졌다. 많은 밤들 동안 우리는 그렇게 잠이 들었다. 누군가와 함께 지낸다는 건 삶의 리듬을 맞추는 일이다. 숨소리를 맞추고, 발걸음의 폭을 맞추고, 생각의 속도를 맞춘다. 재촉하지 않고 기다리고, 불안해하지 않고 뒤따라간다. 모자라면 채워주고, 넘치면 덜어준다. 그렇게 지냈는데. 언제까지나 그렇게 지낼 줄 알았는데.

아니다. 그건 거짓말이다. 언젠가는 그 시간들이 끝나리라는 걸, 나는 알고 있었다. 언젠가는 내가 다시 혼자가 되어야 한다는 걸, 깊은 밤의 고요한 시간을 온전히 견뎌야 한다는 걸, 죽음 같은 잠을 지켜줄 친구를 잃어야만 한다는 걸, 모를 수는 없었다. 다만 그 언젠가가 서둘러 오지 않기를 바랐다. 그렇게 바라는 것 밖에, 나는 할 수 있는 게 없었다. 내가 아홉 살짜리 꼬마여서가 아니라, 그가 코끼리를 잡아먹는 보아뱀이어서가 아니라, 그것이 관계이기 때문이다. 감당할 수 없을 정도로 강렬한 감정을 지녔으나 어이없을 정도로 유약하기만 한, 생명과 생명의 관계이기 때문이다.

"그래서,"

무거운 돌이 굴러가는 것 같은 목소리로, 보아뱀이 천천히 말했다.

"약속을 지키는 거야? 그 가난한 사람은?"

힘없는 내 손에 겨우 매달려 있던 책이 기다렸다는 듯이 툭, 하고 떨어지는 바람에, 나는 급히 그걸 주워들고 책장을 마구 넘겨 읽던 페이지를 찾아야 했다.

"응" 하고 대답하는데, 의식한 탓에 목소리가 너무 높아져버렸다. 괜히 헛기침을 하고 나서, 다시 책에 코를 박았다.

"그 부자는 워낙 나쁘게 살아서, 그가 죽었다고 슬퍼하는 사람은 아무도 없었대. 가난한 농부도 내키지 않았지만, 한번 약속을 했으면 지켜야 하는 법이야, 하고 무덤으로 갔다. 첫째 날, 둘째 날에는 아무 일도 없었대. 그런데 사흘째 되는 날 밤에 낡은 망토를 입고 커다란 장화를 신은 남자가 찾아왔대."

여기저기 떠돌아다니다 하룻밤 묵어 갈까 하여 묘지를 찾아왔다고, 남자는 말했다. 그렇다면 무덤 지키는 일을 좀 도와달라고 농부가 말했고, 그는 기꺼이 그 청을 들어주었다. 그날 밤 자정이 지났을 무렵 악마가 나타났다. 무덤에 누워 있는 나쁜 놈을 잡으러 왔다는 것이었다. 두 사람이 물러나지 않자, 악마는 금화를 주겠다고 유혹했다. 남자는 악마에게, 자신의 장화를 채울 만큼의 금화를 준다면 그 자리를 떠나겠다고 말했다. 악마가 금화를 가지러 간 사이에, 그는 밑창을 떼어낸 장화를 풀밭 위에 올려놓았다. 그 아래에는 웅덩이가 있었다.

"악마가 가져온 금화를 몽땅 쏟아부었지만 장화는 여전히 텅 비어 있었대. 금화가 아래로 다 빠져나갔거든. 두 번째로 가져온 금화로도 채워지지 않았대. 마지막으로 악마가 엄청나게 커다란 자루를 낑낑거리며 가져왔을 때 태양이 떠올랐대. 그래서 악마는 비명을 지르며 도망쳤대."

그렇게 하여 마지막 순간에 잘못을 뉘우치고 가난한 농부에게 자비를 베풀었던 부자의 영혼은 구원을 받았다. 책장을 덮고, 보아뱀에게 들리지 않도록 조그맣게 한숨을 쉬었다. 결국 다 읽어버렸어, 하고 생각하면서.

"그런 이야기였군."

보아뱀이 고개를 들었다. 조그맣고 가느다란 초록색 눈이 반짝, 하고 빛났다.

"왜 그렇게 축 늘어져 있는 거야?"

"늘어져 있는 게 누군데 그래."

일부러 심통맞은 소리로 받아쳤다. 푸르르릇, 하고 보아뱀이 웃었다.

"일 년인가."

보아뱀은 창고 안을 둘러보며 그렇게 말했다.

"정확하게는 일 년하고 두 달 전이야. 하지만 그중에서 반년은 빼야 해. 그러니까,"

나는 손가락을 꼽아보았다.

"여덟 달이야."

"여덟 살짜리 아이의 인생에서 여덟 달이라니. 짧은 시간은 아니군."

난 그 사이에 아홉 살이 되었는데, 생각했지만 입 밖으로 내진 않았다. 보아뱀은 스르르 몸을 움직여 내 쪽으로 다가왔다.

"꼬마야, 우리가 반년 만에 다시 만났을 때 말이야, 너는 질문 노트라는 걸 갖고 있지 않았니? 밤낮으로 옆구리에 끼고 다녔던 거 같은데. 그 노란머리 꼬맹이가 나오는 책하고 같이."

아, 그래. 질문 노트가 있었다. 보아뱀을 기다리는 반년 동안, 그를 만나 물어볼 것들을 잔뜩 써놓은 노트였다. 그런데 언젠가부터 까맣게 잊고 있었다. 왜냐하면, 하고 나는 생각했다, 그 노트가 필요 없어졌기 때문이었다. 보아뱀은 언제나 곁에 있었고, 모든 질문에 대답해주었으니까.

"네가 아까 뭔가 심오한 생각에 빠져 있을 때 이런 걸 하나 찾았지."

보아뱀은 꼬리로 말아 쥔 작은 노트 한 권을 내밀었다. 색이 바래고 낡았지만 안을 열어보니 아무것도 적혀 있지 않은 새 노트였다. 아마 이모들이 보던 책들 사이에 섞여 있다가 창고로 들어온 것 같았다. 『어린왕자』도 그런 이유로 창고에 있었던 거라고 나중에 엄마한테 들었다.

"질문을 적어두는 건 좋은 습관이야."

보아뱀은 그렇게만 말했다. 앞으로는 대답을 해줄 수가 없으니, 질문이 생기면 노트에 적어야 한다는 말은 하지 않았다. 하지만 나는 불만이 있었다.

"적어두면 뭐해?"

'기다리면 언젠가 돌아와서 죄다 대답을 해줄 거야?'까지 말하지는 않았다. 그래도 언제나 그랬듯이, 보아뱀은 내가 하지 않은 질문까지 다 들었다.

"언젠가."

그건 약속인 거야? 언젠가 다시 돌아올 거야? 얼마나 기다리면 돼? 그런 질문들이 마음속에서 아프게 돋아났다. 하지만 그런 소리를 하면 정말로 울어버릴 것 같아, 나는 오른손 엄지를 꼭꼭 깨물며 참고 있었다.

"그리고 말이야, 너 그 손가락 깨무는 버릇은 어떻게 하면 좋을까. 늘 손톱이 너덜너덜해서는. 지금이야 귀여우니까 봐주지만 어른이 돼서도 그런 짓을 하면 곤란하지 않겠어?"

내가 얼른 손가락을 빼내자 보아뱀은 또 푸르르르릇 웃었다. 그 웃음이 내게 용기를 주었다. 나는 두 손을 맞잡고, 그의 눈을 똑바로 바라보았다.

"한 가지 궁금한 게 있는데, 물어봐도 돼?"

"언제부터 일일이 허락을 받고 물어봤다고. 새삼스럽게."

"보아뱀들은 뭔가를 먹지 않고 얼마나 버틸 수 있는 거야? 혹시 이미 너무 늦어버린 거 아냐? 왜 돌아가지 않았어? 그리고… 그리고 왜 나를 잡아먹지 않았어?"

한동안 침묵이 흘렀다. 하지만 무겁고 둔탁한 침묵은 아니었다. 첼로의 현이 낮게 울리는 듯한, 팽팽하게 떨리는 침묵이었다.

"솔직히 말하면,"

마침내 보아뱀이 입을 열었다.

"석 달쯤 지났을 때가 제일 힘들었지. 하지만 돌아가고 싶지가 않았어. 우리가 먹지 않고 얼마나 버틸 수 있을지는 나도 몰라. 그걸 알게 될 때까지 이대로 지내도 별로 상관이 없지 않나, 하는 생각도 있는데."

결국 눈물 한 방울이 또르르 뺨으로 흘러내렸다. 하지만 보아 뱀은 거기에 대해 아무 말도 하지 않았다.

"그렇게 되면 네가 너무 가엾어지겠지."

마지막 질문에 대한 답을 듣지 못했기 때문에, 나는 보아뱀을 계속 바라보고 있었다. 보아뱀은 어쩔 수 없다는 듯 짧은 한숨을 쉬고, 반쯤 슬프고 반쯤 기쁜 목소리로 말했다.

"그 생각도 안 한 건 아니야. 하지만 처음에만 그랬지. 나중에는 너란 존재가 나란 존재보다 소중해졌으니까."

"나, 우는 거 아니야."

눈을 깜박여 고인 눈물을 흘려보내고 그렇게 우겼다. 보아뱀은 꼬리를 들어 올려 내 머리카락을 흐트러뜨렸다.

"꼬마야, 삶에는 끝이 없어. 죽은 다음에도, 살아 있는 사람의 기억으로 인해 누군가의 삶은 지속되는 거야."

"빨리 가."

내가 말했다.

"기억하지? 지난번 책에서 나는 이야기의 시작에 나오는 캐릭

터였어. 이번에는 운이 좋았지. 적어도 주인공을 만났으니까. 하지만 너의 이야기는 이제부터 시작이야. 네가 좋아하는 그 어린 왕자라는 녀석도 그랬으니까."

"빨리 가."

다시 한 번, 내가 말했다. 보아뱀은 꼬리 끝으로, 내 뺨 위의 눈물을 가볍게 닦아냈다.

"그런데 너, 나를 지켜줄 수 있겠어? 지켜준다는 건 기억해준다는 거야…"

그것이 보아뱀의 마지막 말이었다.

"빨리 가."

그것이 나의 마지막 말이었다. 그런 식으로 보내고 싶지는 않았다. 좀 더 멋진 인사를 하고 싶었다. 그러나 재회의 수십 가지 시나리오가 무용지물이 된 것처럼, 마지막 장면도 예상과 달랐다. 이별은 늘 그렇다. 그림 형제가 동화를 쓰던 그 옛날에도 그랬고, 지금도 그렇고, 어쩌면 앞으로도 그럴 것이다. 아무것도 할 수가 없었던 나는, 두 손 안에 얼굴을 묻어버렸다.

고개를 들었을 때, 창고는 우물의 밑바닥처럼 깊고 고요했다. 보아뱀이 있던 자리에는 갈색의 어둠 같은 것이 고여 있었다. 나는 그 어둠에 가만히 손을 대어보았다. 부드럽고 폭신폭신한 감촉이 손끝에 느껴졌다. 행복했다고 말하지 못했다. 고맙다고 말하지 못했다. 보고 싶을 거라고 말하지 못했다. 하지만 언제나 그랬듯이, 보아뱀은 내가 하지 않은 말을 다 들었을 것이다. 여덟 살의 인생에서 만난, 두려울 정도로 소중했던 그 존재는.

코끼리 한입

8

제대로 세어본 건 아니지만 그때 나는 대충 삼백일흔세 살이었다. 꼬마한테도 말했지만, 보아뱀의 세계에서는 팔팔한 청춘이라고 해도 무방한 나이다. 음. 나처럼 인간과 접촉한 보아뱀이 어딘가에 존재하고, 그의 귀까지 이 이야기가 흘러간다는 전제 하에, 초입에 접어든 중년 정도로 정정하는 게 좋겠다. 그런 보아뱀이 있다면, 내 말의 신빙성 여부에 대해 왈가왈부하려 들지도 모르니까. 객관적으로 따져볼 때 그럴 가능성은 지극히 미약하지만, 우주는 절대적으로 거대하므로 '절대로 없다'는 장담은 금물이라는 것이 나의 지론이다. 어찌 되었거나 아무리 양보해도 할아버지라 불릴 나이는 아니다.

삼백일흔세 살이라는 나이는 자랑도 아니지만 부끄러워할 이유도 없다. 하지만 나는 그런 걸로 꼬마를 기죽일 마음이 없었으므로 373이라는 숫자를 구체적으로 언급하지 않았다. 내가 자기보다 46.635배를 더 살았다는 걸 알고 난 꼬마가 '뭐야, 세대 차이 나잖아' 따위의 깜찍한 말을 할 수도 있었는데, 나로서는 그런 소리를 듣고 싶은 마음도 없었다. 비록 나중에는 41.5555556배가 되긴 했지만. 그래도 그 애가 눈을 동그랗게 뜨고 깜짝 놀라는 모습을 보고 싶긴 했다. 그럴 때 꼬마는 정말로 귀여웠다.

역시 정확하게 헤아려본 건 아니지만 그날은 내 생일이었다. 삼백칠십삼 년쯤 살았으면 호들갑스러운 생일파티 같은 건 사양하는 게 미덕이다. 무엇보다 생일케이크에 초를 꽂는 게 큰일이다. 그 초들을 다 꽂을 수 있는 케이크는 구하자면 구할 수도 있겠지만, 개수를 세는 일은 꽤 지루하다. 케이크를 받아드는 이가 있으면 그걸 준비하는 이도 있는 법이다. 그렇게 번거로운 일은 피하도록 하자고 일가친지들과 합의한 후부터, 삼백 살 이후의 생일들은 가급적 티 나지 않게 치르고 있다.

그런 이유로, 그날도 나는, 다른 날과 동일한 일과로 하루를 시작했다. 해질 무렵 느긋하게 일어나 보금자리에서 오백 미터쯤 떨어진 곳에 있는 샘물로 물을 마시러 가는 일이었다.

"안녕, 보아뱀 아저씨! 쩍쩍."

시원하고 달콤한 물을 벌컥벌컥 마시고 나서 세수를 하고 있는데, 머리 위에서 쩍쩍쩍 하고 새들이 부산을 떨더니 경쾌한 목소리로 인사를 건넸다. 고개를 들자 새들은 까르르르르 하고 웃었다. 뭐가 웃긴지는 모르겠다. 그 녀석들은 하루 종일 몰려다니면서 웃거나 노래한다. 그 두 가지를 동시에 할 때도 있다. 나는 인사에 대한 답례로 꼬리를 멋지게 치켜들었다가 물의 표면을 찰싹, 내리쳤다. 저녁노을 속에서 물방울들이 파르르르 날아올랐다. 새들은 꺅꺅 소리를 지르며 이리저리 피해 다니다가 샘가에 있는 보코테나무의 가지 위에 올라앉았다.

"오늘도 여전히 기분들이 좋아 보이는군."

내 말에 가까운 가지 위에 앉아 있던 새 한 마리가 고개를 갸우뚱했다. 그러자 그 옆에 있던 새도, 그 아래 있던 새도, 그 위에 있던 새도 같은 방향으로 고개를 틀었다. 그 녀석들이 그런 식으로 행동을 하면 세계가 약간 기울어진 것처럼 보인다.

"오늘이 아저씨 생일이라고 들었는데, 정말이야? 짹짹."

제일 먼저 고개를 갸우뚱했던 녀석이 물었다.

"만약 그렇다면 우리가 아저씨한테 줄 게 있는데. 짹짹."

그 옆에 있던 녀석이 말했다.

"또 꽃다발이라도 만든 거야?"

내 말에, 새들은 또 합창으로 까르르르르, 웃었다. 몇 녀석은 그 기세를 몰아 내친 김에 노래까지 불렀다. 몇 해 전 내 생일에 새들은 고구마꽃과 달맞이꽃을 엮어 만든 동그란 화환을 목에 걸어주었다. 나는 좀 쑥스러워서 시큰둥하게 반응하고 말았지만 속으로는 꽤 기뻤다. 고구마꽃은 좀처럼 보기 힘든 귀한 꽃이고 달맞이꽃은 저녁에 피어 이른 아침에 시들어버리는 것이라 초저녁잠이 많은 녀석들에게는 그 꽃들을 모으는 일이 쉽지 않았을 것이다. 나는 꽃들이 바싹 마른 후에도 내 잠자리 근처에 그것을 놓아두었다.

이쯤에서 몇 가지 의문을 품는 사람들이 있을 것이다. 보아뱀은 동물을 잡아먹고 살지 않느냐, 자기를 잡아먹는 동물의 생일에 꽃다발을 만들어주는 새가 있을 수 있느냐, 게다가 그런 난폭한 식성을 가지고 꽃을 좋아한다는 게 말이 되느냐 등등. 그런데 나는 작은 동물들과 사이가 좋다. 가능하면 그들을 먹지 않는 것을 원칙으로 하고 있는데, 사실 그 정도 사이즈는 허기를 채우는 데 별 도움이 안 된다. 그리고 나는 운치라는 걸 아는 동물이다. 꽃이나 별처럼 쓸데없이 아름답기만 한 것들을 결코 무시하지 않는다. 오해를 피하기 위해 사족을 덧붙이자면, 여기서 '쓸데없다'는 표현은 어디까지나 나의 기준에 의한 것이다. 내 성격이 비교적 공정하고 정치적, 사회적, 도덕적으로 올바르다는 것을 드러내는 대목이다. 아무튼 그래서 고구마꽃의 꽃말이 '행운'이라는 것도, 달맞이꽃의 꽃말이 '기다림'이라는 것도 알고 있다. 한마디로 나는 녀석들이 준 선물의 가치를 제대로 알고 있었고, 따라서 그런 선물을 받을 충분한 가치가 있는 존재였다.

"우리가 대단한 걸 발견했거든. 짹짹."

처음으로 고개를 갸우뚱했던 녀석의 위에 있던 녀석이 말했다.

"대단하지만 좀 슬프기도 한 거야. 짹짹."

그 녀석의 왼쪽에 있던 녀석이 말했다.

"슬프지만 어쩔 수 없기도 한 거야. 짹짹."

그 녀석과 나란히 앉아 있던 녀석이 말했다.

"도대체 뭔데 그러는 거야?"

내 말에, 녀석들은 다 같이 고개를 바로 하고, 까만 눈동자를 반짝였다.

"그런데 아저씨, 코끼리 좋아해? 짹짹."

선물은 그것을 발견한 장소에 보관 중이라고 녀석들은 말했다.

"여기서 별로 멀진 않지만 들고 오긴 좀 무거워서. 짹짹."

나는 고개를 끄덕여, 얼마든지 양해하겠다는 의사를 나타냈다. 녀석들의 안내를 받아, 나는 샘에서 일 킬로미터쯤 떨어진 바닷가로 갔다. 그곳에는 과연 코끼리 한 마리가 있었다.

"숨을 거둔 지는 하루 정도 되는 것 같아. 짹짹."

"우린 이걸 오늘 아침에 발견했어. 짹짹."

"안 그래도 생일선물을 고민하고 있던 중이었는데. 짹짹."

"아저씨가 일어날 때까지 교대로 지키고 있었어. 짹짹."

새들은 코끼리 주위를 날아다니며 동시다발적으로 얘기했는데, 종합해보면 대충 그런 내용이었다.

코끼리는 앞발을 모으고 앉은 자세로, 바다를 향하고 있었다. 주름진 얼굴에 미세한 미소가 어려 있는 걸 보니, 마지막 순간이 고통스럽지는 않았던 것 같아 나는 마음이 놓였다. 코끼리들은 죽을 장소를 스스로 찾아간다고 들었는데, 그게 바다라니, 나만큼이나 운치가 있는 녀석이었다.

하지만 그 자리에서 덥석 코끼리를 삼킬 수는 없었다. 그 정도 크기의 녀석을 먹고 나면 최소한 반년은 소화를 시켜야 한다. 그 동안에는 움직일 수가 없다. 내 기준으로 반년은 그리 긴 시간이 아니지만, 그래도 그 전에 처리해야 할 사소한 일들이 있었다. 제일 먼저 깨끗하게 목욕을 하고 비늘 하나하나를 꼼꼼하게 관리해두고 싶었다. 꼼짝 않고 있는 동안 비늘의 상태가 나빠져서 벌레들이 꼬이면 귀찮을 테니까. 식후에 먹을 수 있도록 소화에 도움을 주는 풀뿌리도 찾아야 했다. 친지와 친구들에게도 나의 부재에 대해 알려두어야 한다. 무엇보다 느긋하게 소화를 시킬 수 있는 공간이 필요했다. 내 잠자리도 나쁘지는 않았지만, 낮에는 새들이 짹짹거리고 밤에는 늑대들이 울부짖는다. 나는 좀 더 고요하고 아늑한 곳에서 나의 선물을 만끽하고 싶었다.

밤이 완벽하게 깊어졌을 때, 대부분의 준비를 마친 나는 잠자리를 둘러보고 있었다. 남은 문제는 적당한 공간을 찾는 것이었고, 좋은 생각이 날 때까지 그곳을 정리하기로 했기 때문이다. 귀중품들을 묻어둔 구덩이의 입구를 나뭇가지와 풀로 세심하게 위장하다가, 문득 그 안에 넣어둔 책 한 권이 떠올랐다. 칠십 년쯤 전, 지중해 쪽으로 휴가를 갔다가 발견한 것이다. 물론 그것이 책이라는 건 꼬마를 만나고 나서 알게 된 사실이지만.

당시 나는 그 지역 바다에서 터줏대감 노릇을 하고 있던 고래 한 마리를 알고 지냈는데, 그의 말에 따른즉슨 그 요상한 물건은 어느 비행기 조종사의 소유품이었다는 것이다. 마흔 살을 겨우 넘긴 그 조종사는 하늘 위를 멋대로 날아다니다가 멋대로 떨어져버렸는데, 비행기가 산산조각 나면서 그 안에 있던 갖가지 물건들이 마구잡이로 뛰쳐나왔다가 중력의 힘에 의해 낙하했다고 한다. 하지만 조종사는 중력을 무시하고 맹렬한 속도로 대기권을 벗어났다고 그는 덧붙였고, 그 나이 때 무슨 짓을 못하겠느냐고 나는 대꾸했다.

책을 펼쳐보니 첫 페이지에 내가 있었다. 썩 잘 그린 그림은 아니었지만 그럭저럭 봐줄 만해서, 그 책을 기념품으로 가지고 돌아왔던 것이다. 그러고 보니 그건 코끼리를 소화하고 있는 보아뱀 그림이었다. 이런 걸 사람들은 기가 막힌 우연, 혹은 운명이라고 부르지만, 그런 일로 일일이 놀라고 감동할 만한 나이는 아니었으므로, 나는 담담하게 책을 꺼냈다.

마지막으로 문단속을 한 다음, 책과 풀뿌리를 들고 코끼리가 있는 곳으로 돌아갔다. 새들은 대부분 자신들의 잠자리로 날아가고, 호기심이 많은 네 마리만 그곳에 남아 꼬박꼬박 졸고 있었다.

"아저씨, 준비는 끝난 거야? 짹짹."

"우리가 뭐 도와줄 건 없어? 짹짹."

"아저씨가 입을 쫙 벌릴 때 큰 소리로 박수를 쳐도 돼? 짹짹."

"그런데 그 네모난 건 뭐야? 짹짹."

눈을 비비며 질문을 쏟아내는 녀석들에게, 코끼리를 성공적으로 삼키고 나면 이 책 속에 들어가 반년 동안 잠을 잘 거라고 나는 설명해주었다. 그러자 녀석들은 행운을 빈다고 짹짹거렸고, 나는 꼬리를 말아 올리며 우아하게 답례를 했다.

깔끔하게 한입으로 코끼리를 삼키고, 풀뿌리 몇 개를 씹어 먹고, 나는 책 속으로 기어들어가 달콤한 잠에 빠졌다. 나를 뚫어져라 바라보고 있는 시선에 의해 방해를 받을 때까지. 반쯤 눈을 뜨자 새처럼 동그랗고 까맣고 반짝이는 눈동자를 가진 한 꼬마가 있었다. 꼬마는 자신이 내 잠을 방해했다는 사실을 깨닫고 사과를 한 다음, 매우 심오하고 철학적인 질문 하나를 던졌다.

"그런데 너는 누구야?"

그것이 그 꼬마의 첫 번째 질문이었다.

화가의 말

그림은 통상 일정한 공간 안에서 전시라는 이름으로 그 존재를 드러낸다. 그림의 장소적 특징은 미술이 갖는 장점이면서 한계로도 읽힌다. 글은 책이라는 형태를 만들어 그 의미를 전달하고 파급력은 빠르다. 화가는 그 파급력에 묻어,『한입 코끼리』의 그림이 이 사회에 스며들어 소통했으면 하는 바람이다.

이인

프롤로그를 포함한 열아홉 편의 이야기를 마무리하고 에필로 그를 쓰기 전에, 그 책이 갑자기 사라졌다. 책이 있을 만한 모든 곳을 샅샅이 뒤진 다음, 책 같은 게 있을 리 없는 곳들, 이를테면 목욕탕 수납장이라거나 냉장고까지 살펴보았지만 성과는 없었 다. 손에 넣은 이후로 한 번도 잃어버리지 않았던 책이었다. 그렇 다고 아아 어쩌지, 큰일 났네, 같은 생각은 들지 않았다. 책이 증 발한 깔끔하고 단호한 방식이, 나로 하여금 깔끔하고 단호하게 그 사실을 받아들이게 만들었다.

나는 그 책을 외갓집 창고에서 발견했다. 발간연도는 1973년 이었고 번역자는 김현 선생이었고 정가는 300원이었고 출판사 이름은 한문으로 쓰여 있었고 나는 여덟 살이었다. 바닥까지 끌 리는 망토를 입은 노란 머리 꼬마가 그려진 표지에는 '어린왕자'

라는 제목이 붙어 있었다. 당연한 일이지만 나로서는 제목도 그 책의 작가도 금시초문이었다. 하지만 첫 장을 열었더니 대뜸 그림이 나와 동화책이라는 판단을 내렸다.

창고 구석에 앉아 책을 읽던 그 꼬마가 딱히 비뚤어지지 않고 성장하여 수십 년 후에 이런 이야기를 쓰게 된 데에는, 우연 혹은 운명이 작용했다고 할 수도 있다. 우연이 불투명하고 운명이 거창하다면 인연이라 불러도 좋겠다. 아무튼 그때, 자라서 무엇이 될지 알 수 없는 씨앗 하나가, 아직 무엇도 제대로 품을 수 없는 조그마한 심장에 툭 하고 떨어졌을 것이다.

인연因緣의 풀이 중 '벼에 대하여 씨는 인因이요, 물·흙·온도 같은 것은 연緣이 된다'는 것이 있다. 여기서 '온도'를 '사람의 온기'로 치환해본다. 한때 존재했다는 증표가 깔끔하고 단호하게 사라져도, 사람의 기억과 시간은 여전히 내 삶을 받쳐 들고 있다. 그 힘에 기대어 흘러온 나날들이 나로 하여금 막연하고 난감한 질문을 겁 없이 던지게 했다.

그러한 질문들이 또다시 수없는 길들을 만든다. 그 길들이 나를 어디로 이끌지 알 수는 없지만, 나는 언제까지나 사람의 손을 놓지 않을 것이다.

이천십사 년 가을, 황경신